主编 凌翔

当代

生命之花

刘婷婷 著

中国民族文化出版社

北 京

图书在版编目（CIP）数据

生命之花 / 刘婷婷著. — 北京：中国民族文化出版社有限公司，2021.1
ISBN 978-7-5122-1452-1

Ⅰ.①生… Ⅱ.①刘… Ⅲ.①散文集—中国—当代 Ⅳ.①I267

中国版本图书馆CIP数据核字（2020）第271989号

生命之花

作　　者：刘婷婷
责任编辑：张　宇
责任校对：李文学
出 版 者：中国民族文化出版社　地址：北京东城区和平里北街14号
　　　　　邮编：100013　联系电话：010-84250639　64211754（传真）
印　　装：三河市金元印装有限公司
开　　本：710mm×1000mm　1/16
印　　张：12.5
字　　数：200千
版　　次：2021年11月第1版第1次印刷
标准书号：ISBN 978-7-5122-1452-1
定　　价：49.80元

版权所有　侵权必究

往后余生，亦师亦友

2019年，于我来说比较特殊。我教许多学员在互联网写作，而我并没想到会有一个与众不同的学生加入进来。

只记得报名时她犹豫不决，不是因为不喜欢，而是因为经济不宽裕。我猜想她肯定是一个在校大学生，需要跟父母伸手要生活费，便答应了她分期付学费的请求。

之后她顺利进入写作班，成为我的学生，我知道了她的本名：婷婷。

一开始，她在我心里与其他500多位学员一样，没有任何不同。

第一次读她的文章时，我意外发现她写的文章语言虽不算厚重有质感，但是作品很有思想。这样有思想的作品，在我之前学员里少之又少。

我很欣慰，她如此年轻，对生命、对生活的体悟却如此深刻，更重要的是，这份体悟她可以用语言生动表达出来。

接下来的半年时间，我便开始教她如何把文章写得更加有章法，有层次，她非常努力，也很勤奋。

7月初，我所兼职的西咸新区作协文学院需要进行一次文学创作交流，婷婷得知有机会学习写作，又报名了。如过去一样，她说学费暂时没有，见面后可以再付。

我对她最大的好奇是，一个经济捉襟见肘的90后，为何会有如此大的勇气，为何会对文学充满这样的热情。因为我所接触与了解的许多年轻人，他们如果有了积蓄一定是出国旅行，一定是买一个漂亮的包包，或者最新款的时装的。

带着一份好奇，我迎来了全国各地20多位文学爱好者，也同时每天不断迎来送往从全国各地邀请的授课老师。

婷婷走进培训酒店大厅的时候，我以为她走错了，很奇怪，一个穿着廉价短袖，背着书包，扎着马尾的脑瘫女孩不断冲着我笑。我很诧异，心想，她是谁呢？为什么对着我笑，而且她走路的姿态和表情完全不受自己控制。

当她开口说了一句"老师，我是婷婷"的时候，我更是震惊不已。我再一次确认了一遍，你是从内蒙古坐火车来西安学习的婷婷？

她说:"对,老师,我坐了一天一夜火车,刚到!"

我被这个女孩对文学的执着打动了,主动上前拥抱了她,并为她及时安排好房间,让她去休息。

后来通过短暂的7天相处,我得知她是一个90后脑瘫女孩,她的母亲因癫痫已经离世,父亲是一个驼背人,而在婷婷的成长过程中,唯一像母亲一样照顾过她的亲人是姑姑。

有人曾说,生活往往比艺术作品更丰富。倘若不是亲耳所闻,谁会想到一个人的命运会如此崎岖、坎坷。

婷婷缴学费时说,她的父亲为了她能多结交朋友,所以鼓励她出来学习。可当我们已经有了短暂的相处,离别时婷婷才说,其实她是把父亲为她自己治病的钱,偷偷拿出来报名学习写作了。

写作班许多学员来的时候都带着孩子,也有人是全家出动,而婷婷孤身一人坐火车从内蒙古呼和浩特出发,到了西安。

这份对文学的热爱让写作班20多位学员与文学院一起为她捐赠了2000元。那时我便承诺她,你好好努力,我一定为你推荐出书。

得知了学员婷婷的身世,我经常辗转难眠,无数次换位思考,倘若母亲去世的是我,倘若得脑瘫、被人嘲笑的是我,倘若我的父亲是一个别人眼里的"罗锅",我会像她一样坚强,一样坚韧吗?

其实我可以从她的文字里读出她独自承受的孤独、苦难，因为这段孤独与黑暗的成长经历，她的作品生长出了根，在她的人生中开出一朵充满魅力的花。这朵花有灵魂，有思想，能触动他人，能引人深思。

图书策划人凌翔老师读了婷婷的作品后，激动地说："文笔不错！我要为她出书！"

如果你感受过黑暗的可怕，便会珍惜黎明的曙光。婷婷是一个珍惜学习机会的人，也是一个面对苦难不卑不亢的孩子。她的生命里母爱是缺席的，然而她的作品却很有温度；她的家庭教育是不完整的，但是她的品质却如此优秀；没有人手把手教她做饭，可是她却可以控制自己不协调的手臂，为父亲做一顿又一顿热腾腾的饭菜。

婷婷说，她的世界太小了，从未有爱情降临她的人生，她很想知道被人牵手是什么滋味，她很想知道被人呵护是什么滋味。她说自己把所有的爱与渴望都融入了作品里。

无数个我们享受诗歌和远方的日夜，婷婷却独自在医院的病床度过，父亲不能陪在她身边，因为住院费的清单等着他，他得工作。这份孤独，这份对未知明天的困惑与迷茫让她拿起了书本，她说没有人听她说话的时候，书本就成了她最好的精神伴侣。

她用生命热爱文学，是这些充满力量的文字，给了她异于常人的意志力和勇气，是文字支撑着她走过无人呵护、陪伴的青春期，如今会有全国各地志同道合的文学爱好者陪着她一路走下去。

仍旧记得，培训结束那天是 7 月 28 日，我儿子的生日，多位学员一起为我孩子庆祝生日，婷婷忽然感慨说了一句："我从未过一次生日，也没有吹过生日蜡烛。"

我忙把儿子的生日蛋糕推到婷婷面前说："从此以后，你的生日我会陪你一起吹灭蜡烛。"

往后余生，亦师亦友，我们不离不弃。

沉香红

2021 年 6 月 8 日

目　录

第一辑　成长

来人间时的旅程　002

母亲留下的"遗产"　006

摇摇晃晃的每一天　010

原生家庭没有对错　013

常想一二　016

嬉皮笑脸面对人生的难　019

人为什么要结婚　023

遗憾是常有的事　030

像我这样的人　033

如果不幸，就拼命努力　037

在不确定性中生活　043

一锅生面条　046

流着眼泪吃饭　050

也许青春只是青春　053

惊艳了整个童年的青蛇　057

山坡上的母亲　062

婶婶的背影　065

路要慢慢地走，风景要好好地看　069

父亲背上的"锅"　074

我也曾害怕过黑夜　078
从认识死亡开始　082
放慢原来很难　085
笑脸披萨　087
笑场　090
中秋之日的惆怅　093
路，始终要自己一个人走　097

第二辑　梦想

理科生的写作梦　102
残疾不等于残废　106
背井离乡，只为了心中的执着　109
日落之时，请再笑一笑　114
隐形的翅膀　118
好运设计　122
遇见她，我抚平了所有的伤痛　126
如果有钱，我要用来治病　130
让时光慢些吧　133
再见，灿烂的忧伤　136

第三辑　情感

暗恋　140
仰望幸福　143
一生只够爱一个人　145
爱他，我从未想过要放弃　149
看起来合适的人，不一定真的合适　152
我的婚姻观　155

第四辑　随笔领悟

活着的意义　158
不会写故事的人　161
不必去成为谁　164
爱与自由　167
别做植物人　169
趁我还能走动　173
挣个吃馒头的钱，就非常了得　176
小小的软软的一团生命　179
做一个"勤快"的人　182
这一次我长大了　185

第一辑　成长

来人间时的旅程

每当与朋友谈起自己来自哪里时，眼里总会泛起泪光，不是我的家乡不好，只是在这里，埋葬了很多难以言说的伤痛。

1995年春天，我带着哭声，带着纯真，来到这个美妙绝伦的世界。那时候，母亲患有羊疯癫，怀我时，时常发病，不是用鞭子抽打自己，就是几天几夜不休息不吃饭。在我出生的那几天里，母亲依旧疯疯癫癫，不怎么注意自己的身体。听姑姑说，我出生时，母亲毫无动静，只是在炕上躺着，姑姑一边在旁边煮鸡蛋，一边注意母亲的动静。那时，在贫困的村里，是没有卫生员的，所以生孩子也只是找个经验丰富的接生婆，过来指导指导。

那天下午，母亲吃了五个鸡蛋，喝了两碗稀粥，然后就到炕上躺着去了。在姑姑清洗餐具时，母亲突然"啊"了一声，把姑姑吓得惊慌失措。于是出去喊了村里的"卫生员"，其实就是接生婆来。姑姑带着接生婆来到家里，当接生婆坐到炕上，掀开母亲身上的被子，准备细心地检查母亲身体时，被吓了一跳，发现我竟在母亲的裤子里哭。随后，接生婆阿姨麻利地用一只手把我从母亲的裤子里拿了出来。"美丽，这孩子太小了吧！"接生婆阿姨对着姑姑说道。谁也没有想到，我的身体竟然如此的小，如此的奇异。听姑姑说，我身上的青筋都能看得清清楚楚，像刚孵化的鸟儿一样，体重最多三斤。接生婆阿姨给我清洗时，便对姑姑说："这孩子应该活不了多久，你看这身体也太奇怪了！"

别人的出生，带给家人的是喜悦，而我的出生，带给家人的却是一脸悲伤。原来我的命运早已注定不寻常，也注定和别人有不一样的人生。一般情况下，出生的畸形儿都被扔掉，或留在医院里医治。而我出生在这个贫苦的山沟里，父母能留下我，便是最幸福的事了。

出生之后的我，没有像其他刚出生的孩子一样，可以喝母亲的母乳，而是靠喝羊奶维持生命。母亲在我出生后，病情越发加重，不吃不喝，奶水下不来。父亲外出打工，无法亲自照顾我们。而奶奶因母亲的身体原因，一眼都不看我们一下，只有我的爷爷看见我们没人管，于是就到我们那个小屋里照顾身体虚弱的母亲和我。爷爷和奶奶在这个大院子的上边屋里住着，我们的屋在下边。奶奶很少光顾我们屋里。

爷爷一个大男人，就这样开始照顾母亲和我。给我喂的羊奶，一会儿热一会儿冷。羊奶是自己家的羊产下的，爷爷从来不细心处理，从羊奶子里挤出来之后，就给我喝了。他认为自产的羊奶比市场上的营养多，正好可以给我的身体补充营养。母亲病情加重，无法亲自照顾我，而爷爷就自觉地担起了照顾我的责任。这样的日子一直持续到我三岁那年，那时候母亲的病有些好转，父亲依旧外出打工，但爷爷的身体却一天不如一天。奶奶因爷爷非要照顾我们娘俩，因此对爷爷格外冷淡。至于爷爷最后是怎么离开人世的，我一概不知。

这段往事，是姑姑在我成年以后告诉我的。那时，母亲早已离开了人世，而我也慢慢地懂得了人生当中很多的不容易与不得已。原生家庭的不幸，是不得已的。我明白了，自己出生在什么样的家庭里，就该承受什么样的家庭里带来的苦难。

现在每次一回到村里，村里的老人都会这样对我说，孩子，如果没有你爷爷照顾你，估计你早已不在人世了。是的，爷爷是拯救了我的唯一的亲人。爷爷没有那么死板的传统观念，也不会看不起身体残疾的人。

如今，我始终都不明白奶奶为何瞧不起母亲，仅仅是母亲有癫痫类疾病吗？而我她为何也瞧不上呢？我可是她第一个孙女呀！这些问题整整困扰了我二十多年，至今为止，我也没弄明白这里面的缘由。

我的来时路，走得非常不易。曾经认为长大以后就好了，可是当我长大些，最疼我的人都渐渐离去，我一边在与疾病抗争着，又一边拼命挽回那些疼爱我的人。不经意间，我的童年时光就这样消散而去，留下的满是遗憾与伤痛。

母亲留下的"遗产"

遗产是什么？

遗产就是先人所遗留下来的财富。

十岁那年，我得到了一笔厚重的"遗产"，是母亲留给我的。这笔遗产不是钱财，而是生活的重担。

我出生于农村家庭，父亲常年在外打工，大多数日子里，我和母亲相依为命。2005年冬末，母亲病情加重，没过几天就离世了，我们这个小又脆弱的家，再次陷入万丈深渊。亲人故去，但生活还得继续。于是从那一刻起，身体单薄的我，开始学着撑起一个家。洗衣服、做饭、做家务、干农活……

一开始我觉得这种生活好苦啊！干农活的时候，手上磨得都是泡泡。洗衣服的时候，一大家子的衣服，看着头都大了。奶奶的、伯伯的、叔叔的、爸爸的、自己的，所有的衣服堆起来，像一座大山，压得我整个身体喘不过气来。和我一起玩耍的伙伴，常常过来找我玩，可每次想要和伙伴一起出去的时候，生活的琐碎总会浇灭我所有想要开心玩耍的熊熊火焰。

在整个大家庭里，大伯伯和奶奶是最厌恶我的。记得有一次早晨起来，我给鸡喂食粮的时候，碰巧大伯也从大屋里出来了。我叽叽咕咕叽叽咕咕着叫着鸡回来，两只手拿着食粮往地上一撒，母鸡公鸡一跃而来，我乐呵呵地看着所有鸡有滋有味地吃着。没过多大会儿，大伯劈头盖脸地开始骂我，"傻子，鸡都被你喂死了，要你有啥用！跟你那个妈一个样！"那一刻的我是傻不愣登的，是迷乱的，是愤怒的，甚至是绝望的。随后无处可去的我，只能躲到院子后面的山沟里哭，而且还不敢哭出声来，一直用手捂着嘴。那一刻，我不知道为什么，他们骂我的时候，总喜欢带上母亲一起骂。难道母亲真的很坏吗？

母亲离开了我，留给我的是迷惑不解的未来和旁人的谩骂。那一年我才十岁，可心却是脆弱的，甚至有时是绝望的。

2006年农历三月的时候，父亲通知我可以去上学了。在父亲的面前，我开心得跳了起来，那一刻内心深处的绝望烟消云散。上学是我一直渴望的事，那时村里是有学校的，可学校因为我的身体状况不好，不收我入学。记得七岁的时候，在学校门口等小伙伴放学出来时，一个严厉的"老头"看见了我，就匆匆忙忙走过来，然后粗莽地赶我走，让我去别处玩。胆子大的我，当面与他嚷嚷起来，说他为人师表，却欺负小孩。我的一声大哭，弄得全村的人都来了……这种情景，让"老头"无言以对，于是气哄哄地走了。那时候的我，很调皮，很傲慢，谁对我不好，我就和谁对着干。因为我知道，就算最后我受伤了，母亲也会出来帮我收拾他们的。这时候，肯定有人会问我，为何要这样说呢？因为母亲曾为我做过主啊！

我那时很爱调皮捣蛋，喜欢爬墙上房，喜欢捉鸟儿，逮公鸡，上树摘杏果子吃。有一次我偷吃了隔壁阿姨家后面菜园子里的西瓜，当我吃完，准备逃跑的时候，却被隔壁阿姨发现了。阿姨正准备打我的时候，被母亲撞了个正着。母亲看见我被阿姨欺负时，气冲冲地跑向阿姨，不管三七二十一，上去就抽打阿姨。阿姨躲来躲去，母亲的胳膊左一下右一下，最后阿姨还是挨了五六下抽打。站在一旁的我，偷偷地笑着。一不留神，我看见阿姨的孩子出现了，我忙着抓紧母亲的手，撒腿就跑。

如今，只要想起和母亲有关的童年时光，我都会在睡梦里笑醒。

虽然母亲离开了我，但母亲在的时候，教会了我生活。

她不在的日子里，我过得有点苦，但好在一切都过去了。现在，我一个人在家的时候，也不怕被饿死，因为我会做饭，想吃豆腐的时候就做，想吃鱼香肉丝的时候就做；在外面的时候，别人欺负我时，我就反击，像母亲当年抽打那个隔壁阿姨似的。

母亲留给我的"遗产"，不是金银珠宝，也不是一笔巨款。她教会了我生活，教会了我怎么面对人世沧桑，这比任何东西都贵重。这就是我厚重的"财富"，让我走向更遥远的美好未来。

摇摇晃晃的每一天

人生有很多幸福的时刻，比如去上学。

村里的学校拆了，我只能去姑姑村的学校读书。我一共有两个姑姑，一个是温柔体贴型的，另一个是大大咧咧像个孩子型的，这两个姑姑都特别疼我爱我。这次，我寄住的是大大咧咧的姑姑家，她们家有两个孩子，一儿一女，家庭非常幸福。

因为读书，我远离了家乡，远离了沉重的生活。在姑姑家寄住，是一件很开心的事，不用做家务，不用担心没有人陪我玩耍。但令我担忧的是学校里的事。在村里的时候，最怕见陌生人，一看到他们，我就身心紧张，脸上表情阴郁。从踏进学校的那一天起，我所担忧的一切都发生了。

有一个男孩，总是欺负我。我一去厕所，他就在厕所门口堵我；我一去后面操场跑步，他就过去捣乱，然后说一些我不爱听的话。有一次，我气得不行了，就过去打他，结果却被男孩一把推倒，躺在了地上，满身都是泥土。这时，身边围观的人越来越多。有的人说，这女孩是小儿麻痹；有的人说，这女孩是妖怪；还有的人说，这女孩就是妖怪，走路一会儿左一会儿右，甚至整个身体都摇晃不停。那一刻，我的耳朵像被什么刺激了，越来越疼痛；我的心也像被什么人捅了一刀，血流不止。这是在离开家以后，我最难过最委屈的一次。

从地上爬起来以后，我像变了一个人，在学校里躲躲藏藏。每天放学，我等所有人都走了再走，免得别的同学再过来欺负我。所幸在姑姑家我是幸福的，姑姑会做好饭菜等我们回去一起吃；买了水果，洗了切了，分给我们每人一块。浓浓的亲情，在我内心深处慢慢地流淌，我难过的时候，它让我感到温暖。

那时候我说话咬字不清楚，同学们就学我说话，甚至还学我走路。可自己是什么样子，我完全不知道。当大家模仿我的时候，我才明白，自己原来是那个样子，一碰就跌倒，一说话就表情阴郁。时间一长，班里的一些同学，慢慢地越来越恶作剧。我新买的笔盒，没用两天就坏了，我的作业本上到处都是乱涂乱画。每天我都被老师批评，最后还得笑对老师。那真是一段令人作呕的时光！

"大概这就是我的命运吧！"那时候，我常对天空大声地吼道。我在学校什么样，从来不会回家和姑姑他们说，因为姑姑会担心我。

后来，班里来了一个同学，是一个女孩，长得眉清目秀，身材苗条。一眼看上去，像清晨的阳光，明媚又温暖。在我无所期待的时候，她成为我的朋友，每天我们一起放学一起玩耍；甚至一起爬山。我摇摇晃晃的身体，她从未耻笑过，我说一句话得说上半天，她愿意耐心地等我讲完。那一刻，我觉得自己好幸福，因为我也有好朋友了。她不会嫌弃我的身体状况，也不会和别的同学一起欺负我，甚至还帮我打跑那些不懂事的同学。

慢慢地，我们渐渐长大，村里的读书生活也即将结束。这就意味着大家要分离，要天南海北。在姑姑家的日子，我过得悠闲自得。而学校的生活，时而痛苦，时而快乐，真是悲喜交集。

也许这就是人的一生，一会儿喜，一会儿悲，一会儿悲喜交集。但无论如何，我们都将走我们自己的路。

原生家庭没有对错

　　这几天晚上，父亲一直在看电视剧《少年派》，其实这部电视剧我早已看完。以前看的时候，我只关心林妙妙和钱三一最后在一起没？如今陪父亲看第二遍的时候，心境又不一样了。

　　今天剧情演到了邓小琪的家庭背景曝光，小琪是单亲家庭，没有父亲，因此引来一场风波。我认真看完这集的剧情，想起曾在学校里的时光，也因为是单身家庭的原因，常常被同学们议论来议论去，心情和小琪一样，难过极了。我的父亲背上背了一个"大锅"，我的母亲已离世，自己患有脑瘫，家境贫苦潦倒。我的原生家庭就是这样，在别人看来如此悲惨，可我的原生家庭是无法改变的，我不能因为自己有这样的父亲或母亲，而抱怨自己的原生家庭。

每个人来到世界上都不容易，而父母亲能给我们一个完整的家，是一件非常幸福的事。如果你没有一个完整的家庭，那就好好地照顾爱自己的人，好好地爱自己，甚至努力给自己的后代创造一个完整的家，给孩子一个明亮的未来。

我们生在贫苦的原生家庭是没得选择，但想要摆脱贫苦，只能靠我们自己。电视剧的小琪想要有一个父亲，总是很羡慕林妙妙的家庭，看着林妙妙有父母陪着爱着，既羡慕又嫉妒。这就是一个普通的凡人，最普通的渴望！自己没有什么，就非常想要什么，我自己就是最好的例子。初中的时候，我的被罩破了，我笨手笨脚地缝着，室友的妈妈在一旁看不下去了，于是过来帮忙缝。那一刻，我目不转睛地盯着阿姨，然后泪水慢慢地就湿了眼眶，那一瞬间，我多渴望阿姨就是自己的妈妈。

从小到大这么多年来，在学校里，在社会上，我见过很多类似自己的原生家庭。比如我的同学丫丫，她的父母在她刚懂事的时候离婚了。她一直跟着父亲，父亲挣钱供她上学、生活。但初三那年，她父亲突然不管她了，生活费、学费，一分都不给她，最后被迫无奈，她办了退学手续，开始打工养活自己。那时候的她，特别痛苦，特别绝望，甚至想过去死。我开导她，安慰她，陪她一起熬过最难的那段岁月。时光不负有心人，后来，她终于走了出来，决定快乐地活着，一定要活出自己来。记得她曾这样对我说过："婷婷，我挺羡慕你的，你爸爱你，姑姑们疼你，你真幸福！"

原来我也被人羡慕着，我这才真正明白一个人越是没有什么，就越渴望得到什么。可能我们都是平凡的人，所以平凡的一切都想要。

所以，无论我们的境遇如何，都不能嫌弃自己的原生家庭。父母给了我们生命，然后又给了我们一个家，无论这个家好或不好，我们都该珍惜，因为这一世他们都是我们的，他们都爱我们，同时我们也要懂得爱他们。因为爱是相互的！

原生家庭并没有错，而我们本身也没有错，命运就是这样。我们每个人都不会那么完美，每个家庭都不会一帆风顺，总有困难和挫折存在，总有遗憾来增添人生色彩。趁我们自己还能爱的时候，要尽量去爱；趁我们还年轻，要奋力拼搏，去改变自己的命运。

常想一二

人生不如意十有八九，但要常想一二。

今年是我最痛苦的一年，旧病未愈，又增新病。当新病开始折磨我的时候，我真想去问问老天，为何要这样对我？父亲对我说，虽然人生不如意十有八九，但仍要好好活着，活着才能看到希望，不开心的时候，要多想想以前开心的事。这是一个五十六岁父亲鼓励女儿时说的话。开始的时候，我是迷迷糊糊的，领悟得不够透彻。后来，我住院治疗，做脑瘫手术，大家帮助我，陪我一起熬过那段时间，我才渐渐地明白了父亲的话。

原来，我一直认为小感冒不可怕，大病才可怕。如今，我觉得一切都不再可怕了，因为我还活着。天生脑瘫，如今减轻了不少，身体不再摇摇晃晃，头也不再那么歪，脸上表情也少了。大家都说，现在的我是幸福的。虽然新病没能查出来什么原因引起的，但天生的疾病减轻了，就是最好的事。

记得在北京中日友好医院做完脑瘫手术，开口说话时，我发现自己的声音和原来不一样了，我激动坏了。于是，我开始和家里人用微信语音说话，家人也特别开心，以为我从此以后就可以像正常人一样了。可令我没有想到的是，出院几天后，我说话的声音突然又和原来一样了。我感觉又要回到从前的自己，内心失落极了。

人在最沮丧的时候，看书写字是解脱困境的最佳方式。于是，我把所有内心的伤痛，通通发泄在文字里。在我的文字里有痛有恨有怨，还有希望。就像父亲说的，人生不如意十有八九，我可以把父亲的话反过来说，常想一二。人就该常想一二，不然活着会更累。我们一生要面对的苦难太多，如果心态不好，很容易被困难吞噬。

我的高中同学霞所经历的一切，恰好证明了人就该常想一二。她的经历也比较坎坷，和我有点相似。她是个善良的姑娘，可上天总是辜负善良的人。她高中的时候，经历了家庭变故。最疼爱自己的奶奶离世，母亲因父亲不忠而离家出走。奶奶入土为安，霞对奶奶的思念可以忍受。但母亲的离开，却让霞觉得压抑，悲痛欲绝。从高二下半学期开始，她每一天的日子都精打细算。比如，我们去吃最爱吃的麻辣烫或米线，都要计算一下，这个月的零花钱是否能撑到月底？入春了，我们该不该买春季的衣服穿？学校收了班费，我们的早餐就要减掉了，不能再吃食堂四块五毛钱的刀削面，只能吃一块两毛钱的方便面。我和霞是室友，吃的饭几乎一样。记得高三那年，我们吃了整整一年的方便面，早晨干吃方便面，中午泡方便面和火腿，晚上干脆不吃了。我们最幸福的时刻，就是星期天去吃九块钱的云南过桥米线，或是十几块钱的麻辣烫。

霞有个妹妹要读书，所以要精打细算。要是她父亲争气点，每天出去打工挣钱，她不至于这样节俭。而我呢，家庭条件不好，只能吃得差一点，让自己可以把书读完。在高中的三年里，我觉得自己很幸运，能遇见霞这样善良可爱的朋友。

生活中有很多的不如意，但想到那一二，我心里突然就美了起来。如今，我说话依旧咬字不清，但我觉得自己是幸福的，我的新病每天都会折磨我，太阳出来了，腿会稍微轻松一点；当天空乌云密布时，腿就会像绑了一吨大煤炭似的，沉重又麻木。每次新病一来，因为常想一二，我的心情马上就好很多，像在看偶像的演唱会一样，激动又幸福。

嬉皮笑脸面对人生的难

有一段时间，我特别喜欢听李宗盛大叔的歌，尤其那首《山丘》听得我流泪、感动。网上大部分人都说：年少不听李宗盛，听懂已是不惑年！

可论年纪来说，我还没进入不惑年呢，但我已经听懂了大叔唱的词，也许是经历的缘故吧，我仿佛已历经了所有沧桑与悲欢导致我的心智很成熟。在这首《山丘》里有几句词我特别喜欢："终于敢放胆，嬉皮笑脸面对人生的难。"

这些词像极了我现在的状态，面对病魔、面对生活不如意，我竟敢龇牙咧嘴笑着去面对了。以前的时候总觉得自己很懦弱，每次遇上大事就畏畏缩缩，要不然就推给别人去解决。可现在我彻底明白了，病魔在自己身上，谁也替代不了，甚至是无法替代。

其实，没有人一生下来就会笑的，人都是哭着来到这个世界上的，笑是后来才学会的！能笑着活下去，已经是一件很伟大的事情了。

我曾一直认为生老病死不是什么难事，也不算什么人间疾苦。可当我真正走到生命最美的季节的时候，才逐渐明白，生命越是美丽，伤痕就越是布满全身。

十岁那年，我亲眼目睹母亲带着痛苦离开人世。十五岁那年，我看着姑姑经历着白发人送黑发人的煎熬，我竟毫无一点办法去改变现状。二十一岁那年，初入社会因没有一技之长，难以生存，频频被淘汰。

所谓现实就是这样。反倒是应了那句：真正的生活不仅只有平常，还有很多的不寻常。但经历的所有不寻常并非没有意义，我们一路大笑，一路大哭，才会明白生命本就这样。我们能做的就是保持平常心，踏过荆棘，走向生命最美的景区。

曾有一次遇见这样一件事，主人公叫旭旭，2005年，她刚好八岁，家里不幸地发生了巨大变故，父亲喝酒犯病，把母亲一刀捅死了，父亲进了监狱，被判无期徒刑，这一切是旭旭在没有认识我之前发生的。

变故发生后，她告别了无忧无虑的童年生活，回到了生活在农村的爷爷家里，开始了与爷爷相依为命的生活。在旁人看来，她真正的苦难结束了。其实从这一刻起，她的苦难才刚刚开始。

2005年，旭旭爷爷六十九岁，是村里的低保户，政府的救济刚好够他一个人生活，但孙女的到来，却把爷爷愁出了比以往多十倍的白发。爷爷的生活本来就拮据，再多一个人，日子便过得更穷困潦倒。在这样贫苦的日子里，旭旭深受打击，开始以为生活会善待她，结果却吃尽种种苦头。

那时的我，是吃百家饭长大的，偶尔也会光顾这位爷爷家。认识旭旭，也是偶尔的光顾认识的！她年纪和我相仿，于是我们玩到了一起，山坡上，河沟里，水井旁，村后的小树林里，每一处随时都能出现我们的身影。玩到尽兴时，我们时常忘了回家。

旭旭，最令我心疼的地方就是必须改变她原来的日常习惯。比如，她每天早晨都要喝一杯牛奶，或吃一个荷包蛋，但在我们这个小村庄里，这些食物不常有。有时候早上能吃上早饭就已经很不错了，虽然吃的都是昨天剩下的饭菜，可我觉得很幸福。那时候的她经常会哭闹，经常央求她爷爷买好吃的。

2007年的难忘片段，我至今记得很清晰。旭旭爷爷生病了，村里没有医生，那时我们都在乡里读书，也没有电话，旭旭不知道爷爷生病了。等到礼拜天回去的时候，爷爷已经病得起不了炕了，每天晚上哇哇哭，这是旭旭唯一能做的事。

五月份，春天刚过，爷爷就带着遗憾走了，永远地离开了旭旭，离开了我们。

那年，一个十岁的姑娘，就这样失去了与她相依为命的亲人，从此变成了一个孤儿。

未来的五年里，我们一起上学一起玩耍，她在我面前常常笑眯眯的。那时的她，总会嘻皮笑脸面对人生的难、人生的苦，从不会抱怨或堕落。她让我逐渐明白，人在苦难面前应该是强大的，就像是一座卧躺在大地上、经历无数风雨无数寒冬的大山，不会选择逃跑或哭泣。而旭旭就是这座山，远看薄如刀片，近看峭壁千仞。我喜欢她，喜欢她的坚强与善良，喜欢她面对苦难的生活表现出的豁达，喜欢她不做作，永远做自己。

原来真正强大的人，是不会被苦难打倒的，也不会自甘堕落，而是努力地去改变自己。这是每个人都应有的姿态，我相信此刻，有很多像旭旭一样的人，坚强、勇敢、乐观向上。面对生活，迎难而上。

人为什么要结婚

一

先讲个故事。

表哥二月份离婚了,孩子、房子和债务都是表哥的。

姑姑听到这个消息后,气得大哭一场。我听到这个消息惊讶极了,我以为他们会幸福地度过七年之痒,然后相守到老,可谁都没有想到会是这样的结果。

在安慰姑姑的过程中,我被姑姑不经意间讲出的话触动了,她说,人结婚,就是为了有个人能心疼自己、爱护自己、陪伴自己,等到老的时候,有个人对自己说"我来照顾你"。

　　姑姑没有读过书，道理却能讲得一套一套的。看着她哭得难受，我好心疼姑姑啊！她为了这个家操碎了心，丈夫、儿子、孙子，他们的每一件事姑姑都亲手操办。人们都说养儿防老，却不知养儿的辛苦，尤其是家里有了两三个儿子的时候，父母比谁都着急。

　　我姑姑姑父就是这千万对父母中其中一对，三个儿子的未来就这样压在他们身上了，儿子们念书的时候还好，但娶媳妇成家的时候却是他们心上的一块大石头，婚房、彩礼，对于来自农村的家庭来说，压力山大。只好外出打工，长期在城市里租房居住，努力挣钱、攒钱，这一切他们都熬过去了。

　　如今离婚率越来越高，快超过结婚率了。我不希望这种危机持续发展下去，不然真的会有人人自危的那一天，想想就有点可怕。

　　姑姑希望儿子儿媳能够为了孩子再好好考虑考虑，也不希望因为一点鸡毛蒜皮的小事丢了他们彼此一生的幸福。

　　表哥的事，不由得让我想到了身边很多从恋爱到结婚的朋友，他们有一天也会像表哥一样吗？

　　答案，我不知道，也不敢为大家做保证。毕竟我还在寻找爱情，还在憧憬婚姻。而我所能想到就是：我们每个人生来都是孤独的，总要最后找个人结婚，陪伴自己度过晚年时光。

我眼里的爱情就是初见时红了脸，相守时暖了岁月；而婚姻也是如此。

二

在现实生活里，除了父辈们的婚姻，我最羡慕就是发小旭的婚姻了。她和她老公在我初二那年结的婚，他们的婚礼，我们几个一起长大的发小谁都没去参加，至今我都不知道她老公长什么样！说起来有点遗憾，这么多年了，她从未在朋友圈晒过老公，我都怀疑她假结婚，然而那孩子又是哪里来的？

哈哈，假结婚就假结婚吧，反正她过得很好，家里有车有房，还貌美如花；如果再出来晒幸福，我们那几个伙伴要过来玩了……

羡慕完朋友、家人，突然发现幸福终究是滚烫的、炙热的。拥有它的人，生命都是被激情燃烧着的。

可惜，总有一些人是孤独的。有的孤独是天生的，包括灵魂、精神、生命，它们都是孤独地来孤独地去。你不必惊讶，也不用惶恐。人类原本就是这样的，所以才想着交朋友，寻找伴侣结婚，然后让生活减少一点孤独，多一点快乐和幸福！

对，人在世上是需要有一个伴的。有人在生活上疼你，终归比没有好。

我们常常认为不结婚也挺好的，无忧无虑、潇洒自在，想去哪儿就去哪儿。但到了一定年纪才发现，我们没有自己想象中的那么强大，偶尔也会脆弱、失望、孤独，甚至绝望。毕竟人世间的苦难多，你能完全不依赖其他人独自承受吗？就像一个路边玩泥巴的孩子，还特意找个同伴陪着，你能说你一辈子都不需要人陪？

即便你不需要，你父母一定需要，你总不能让你父母进入暮年或生病后没人理会、没人照顾吧！否则，老天会狠狠地对你进行惩罚的。

平常日子里，大部分人都会说：无论友情、爱情、婚姻，陪伴彼此才可天长地久，永葆初心。所谓"陪伴是最长情的告白"，或许它也是来解释这一层面的。

记得二十岁那年，那会我才上高二，幸运地遇见了一个很好的男孩。他学习好，人品好，样貌干净。

在青春岁月里，他使我的情窦初开，他是我唯一想过想要走完一生的伴侣。二十岁，我渴望爱情，渴望他可以带我游玩世界，渴望我们一起相守到老。

也许青春只是青春，我在后来的时光里错过了他，于是再也没有人让我那么渴望过爱情，渴望有一个终生的伴侣。

现在我常常和朋友说，我是个不婚主义者，他们都不信。说，总有一天你会受不了寂寞。还说，总有一天，你会放下所有原则，跌跌撞撞奔向那个把你宠成小孩的人。

或许未来我会去结婚，会去养个小孩，但至少现在不会那么想。此刻肯定有人会骂我扯淡，那就骂吧！

骂我混蛋也好，骂我二百五也好。唯一想表达的就是不拿婚姻当儿戏，就算有一天我真要踏进婚姻的殿堂，那肯定是通过深思熟虑后才决定的。我不想让伴侣像衣服一样，旧了、破了，就扔了。

就像我喜欢《从前慢》那首歌一样，简单的旋律，质朴的爱情，平淡的婚姻。一把锁锁住一个人，衣服破了，补补，依旧再穿上。对于伴侣，我喜欢简单的、纯粹的，有趣的；婚姻也如此！

三

有趣的灵魂，现实中有吗？

有的，我难道不是那具有趣的灵魂吗？嗯，就是就是。

倘若你不是，我是不会向你靠近的，这是原则。

一定会有人问，那这些人为什么要结婚呢？

是的，关系很密切。难道就是为了繁衍后代而结合的吗？如果是，那和动物有什么区别？难道也是为了消遣寂寞而结合？那么婚姻要责任干什么！

是的，但生命的最终目的就是让你找到有趣的灵魂，有趣的人生。

王小波与李银河的婚姻就是把两个有趣的灵魂融合了，美妙地创造出一个有趣的人生。就像王小波曾在书里说的：什么样的灵魂就要什么样的养料，越悲怆的时候我越想嬉皮。而李银河却愿意一起陪他嬉皮，所以最终他们才会结合。

于是，我也在不停地寻找有趣的灵魂，在文学的世界我找到了莫言、村上春树、王小波，我喜欢在文字的世界里与他们交流，他们的博学多才吸引了我，让我同他们一样成为有趣的灵魂。

常言说：好看的皮囊千篇一律，有趣的灵魂万里挑一。生活中，我始终没遇上同龄的有趣的灵魂，尽管好看的皮囊周围比比皆是，但我依然要活得独特一点。于是，我逃脱了爱情与婚姻的牢笼，起码此刻我自己知道，这些不是我想要的，所以不愿意妥协。

初中室友茹，她姐姐在她大学期间给她介绍了一个男朋友。这个男生是90后，家里有房有车，存款也有不少，与茹彼此了解一周后，就要嚷嚷着让茹一毕业就和他结婚。茹当下就生气了，生气的原因是这个男生根本不知道茹想要什么。后来茹就和那个男生分手了，具体什么原因，她同我说过几回，她说她想要找个有趣的灵魂结婚，然后快乐地过完一生。

我渐渐地发现，身边很多人都想找个有趣的灵魂陪伴自己，但这种事是可遇不可求的。有人说"有趣的灵魂三百来斤，"这句话确实没错；有一段时间我还真遇上了三百多斤的胖子，与他交流过后，发现他就是个有趣的灵魂，内心世界蛮可爱的！实话说，他就是个老顽童，都七十岁左右了，还跟个孩子似的到处蹦跶，也不怕闪了腰。其实这个老爷爷也没有三百斤，只是夸张一下而已。只不过他内心世界比较纯真，比较活泼。

我是超级喜欢与这种人交朋友的，可这种有趣的灵魂现实生活中实在太少，有时候简直是大海捞针，最后往往梦里一场空。

四

姑姑说，人结婚就是在平凡的岁月里有人能陪着自己，懂得心疼自己。而我却说，人结婚就是在有限的生命里找到同自己一样的灵魂。其实这两点并没有什么矛盾，只是各自思想上追求不一样的生命姿态而已。

有的人渴望生命色彩斑斓，有的人渴望生命生生不息，还有的人渴望生命平淡无奇。于是我们不能给世间所有生命定概念、定原则；唯一能做的就是放大思想、放大平凡，追求更有灵魂的生命，感受更有意义的生活。

遗憾是常有的事

有时一觉醒来，思绪万千，像被扔进深海里似的，拼命地挣扎着想往上游，每次最怕的就是被海底的植被牵绊住。这种牵绊就像最近上演的电影《烈火英雄》中的徐小斌一样，为了保证远程供水顺畅，便下海用手撕开泵吸进去的垃圾，最后死于海底。人的一生最后将怎么死去，其实并不那么重要，重要的是一生怎么样过才算有意义。曾经认为离开的人或物，有一天都会回来。如今，一个人走过漫长岁月，才发现有些东西有些人，走了就是走了，永远都不会再回来……

离别这东西，总是揪着你的心不放，在夜深人静的时候，想起最爱的人离开你时的情景，你会泣不成声。可是他走了就是走了，就是那么狠，从不会再回头望你一眼。其实，这也挺好的，也许还有些没讲完的话，那就停留在你此刻的心里或嘴边。等来生有机会，便对他完完整整地讲完，一点遗憾都不留。

可真正的人生，必定有遗憾存在。就算你过得再幸福快乐，也有小部分的遗憾发生。人的一生或多或少都有遗憾存在。就像我的小时候没有玩过洋娃娃一样，长大后渴望满屋子都是洋娃娃，机器人。可当有机会弥补遗憾的时候，又难免会想，像这个年纪是否还能再无忧无虑地玩洋娃娃？

后来想想，或许也能，只要你依旧保持孩子般的童心，童年缺失的都会补回来，只不过补回来的时光却没有小时候那么开心了。也许这就是不同的年纪会有不一样的思想。

高中的时候，我想学文科，可因自己写字速度太慢，于是我学了理科。弃文学理，对于我来说，是迫不得已，但人生有很长的路要走，也有很多选择要去面对。固然文科可以帮我去实现梦想，但眼下的困难更要及时解决。如果不解决，后面要面临的困境会越来越多。

那时能读书，已是我最开心的事了。父亲说，只要还能读书，命运就不会像他那样悲惨，因为知识可以改变命运。这是父亲对读书的见解，也是他们那个年代最能改变命运的机会。

因高考落榜，我假期三个月都在埋怨自己，恨自己笨。

那么想学文，却遗憾错过。学理，脑子笨得一发不可收拾。但我不能哭，作为成年人，应该懂得承担自己选择的人生路。还要明白，错失一些东西，要懂得去释然，只有释然了，人生才可能有精彩与他人分享。

  我的一个朋友飞的故事，让我明白遗憾是常有的事。朋友飞也是单亲家庭出来的，他先天患有小儿麻痹症。双腿伸不直，总是弯着腿走路。彻底根治这种天生的病，是很难的事。朋友飞，不能像其他同学那样飞快地在操场上奔跑。他能走起路来，已经是很勇敢了。记得那会儿，很多同学都嘲笑他，我从来不嘲笑他，因为我们的经历一样，都被天生的疾病困扰。显然，我也明白遗憾是常有的事。

  人的一生总是被遗憾填满，最后能懂得释然，当属难能可贵了。

像我这样的人

在音乐的世界里，总有一首歌会打动你，那旋律一播放出来，马上戳中你的泪点，让你深陷其中。我是一个爱音乐爱听歌的女孩，每天醒来第一件事就是打开手机播放我爱听的歌。

腾讯视频的一个歌唱综艺节目叫《明日之子》，是薛之谦、杨幂、华晨宇三位演艺人员带队的歌唱比赛真人秀。这和湖南卫视的《快乐男生》是一档类似的节目，这么多年来，令我难忘的还是2007年夏天的《快乐男生》，因为这个节目里有我崇拜的偶像——张杰。十年之后，幸运的我又遇见一个爱唱歌的男孩——毛不易。毛不易的那首《像我这样的人》，直接俘获了我这颗不甘平凡的心。他的词写得比较抓人心，歌词中有这么几句，道出了我不甘平庸的态度：

> 像我这样的迷茫的人
> 像我这样寻找的人
> 像我这样碌碌无为的人
> 你还见过多少人
> 像我这样庸俗的人
> ……

这一年的大学暑假时光，我陷入了迷茫。大学同学都去实习了，而我只能在家里待着。我学这个专业，到底还有什么用啊？每天醒来，我都会不由自主地陷入这样的沉思中。当初学食品加工技术，是因为天生疾病困扰着我，无法做别的选择。如今，又因为疾病不能从事本专业的工作，实在是无奈啊！

当毛不易的这首歌一出来，我的心像脱了缰的野马，四处奔放，四处寻找属于我的那片草原。有时候单曲循环播放，听着听着，你会不经意间落下眼泪来。在这个世界上，我也是一个孤单、懦弱、迷茫、不甘平凡的人，我也想通过自己的努力去改变命运。可上天总是辜负我的努力，我的懂事，甚至我的善良。

放暑假的第三天，我托姑姑帮我问表嫂的酒店要人吗？

要的话我就去帮忙，然后锻炼一下自己。

那天下午，我和姑姑去表嫂的酒店，和表嫂聊天，说明我来的目的。开始的时候，表嫂见我们来了，热情似火地招待我们，拿出刚洗的水果，倒茶水，让我们坐下边吃边聊。那一刻我觉得表嫂平易近人、善良大方。

可当表嫂知道我们来的目的，瞬间脸就变了。就像窗外的天气，刚才晴空万里，现在却乌云密布。表嫂的脸瞬间严肃起来，说话火气也大了一些，像我要跟她借钱似的，弄得我不敢再和她交谈了。随后，我保持沉默，只是听她噼里啪啦地说。其中有几句我特别不爱听："婷婷啊，你爸难道养不起你了，你非要出来打工，你这身体估计没几个人敢要你，你还是安稳地在家待着吧！钱你爸会赚的，你着急啥！"我听着听着，眼泪不停地在眼眶里打转。我内心崩溃极了，我不过是想锻炼一下自己，反而却让你们那么瞧不起！为了掩饰眼中的眼泪，我从椅子上起来，找个理由说是想看看酒店的厨房，逃离了交谈。如果继续听下去，我不知道自己能不能受得了。

二十多年来，我每天活得尽量孩子气一些，整天嘻嘻哈哈，大笑不止，就是为了不让家人知道我活得很累。表面看起来是个快乐可爱的女孩，内心却是一个沉重的人。朋友说，你活得太累了，总是那么懂事，不懂得心疼自己。是的，我活得太累了。可我的生活就是这样的！一本书中说：

一个爱笑的人，他的内心一定很悲伤！我觉得我就是如此。

就像毛不易的词里写的，像我这样莫名其妙的人，会不会有人心疼？也许会有人心疼，也许不会。反正这都是我的命运，我不该向它低头认输，更不该缴枪投降。未来，我会用我自己的方式，活出一个不一样的我！

世界上或许有很多像我这样的人，但我们都会用自己的方式去克服困难。我们不能因为别人的瞧不起或嫌弃而放弃自己。

每个女孩都是一个美丽的天使，而我不过是一个折了羽翼的天使，只要我不懈努力，一样可以放飞自己。到什么时候，我都是一个美丽的天使。

如果不幸，就拼命努力

一

不知何时起，我竟爱上了史铁生先生所写的这段话："苦难既然把我推到悬崖边缘，那么就让我在这里坐下来，顺便看看悬崖上的流岚雾霭，唱支歌给你听。"

从史铁生的字字句句中，我悟到了一种生活态度：陷入绝境，不屈不挠！

我不知道世界上有多少个你和我一样，处于不幸中。

我只知道好好活着，就有可能冲破黑暗，迎接黎明。

我只知道如果不幸，一定要去和苦难抗争，一定要去拼命努力，生活才会有一线希望。

就像是一个癌症晚期的病人，如果他一不小心知道了自己的病情，于是他开始难过、生气、悲观、埋怨、甚至见人就骂，我相信他的时间就不多了。

如果是相反的心态：乐观、开朗、不抱怨、不暴躁，平静地面对病魔，那他的生存几率可能是三年，五年，甚至十年。

所以人生活在苦难中不可怕，重要的是他用什么样的心态去面对苦难。

可能这些让你理解得不够通透，但读完接下来的故事你就懂了。

我有一个书友，叫洛洛。她是一位双腿失去知觉坐着轮椅的北京姑娘，如今生活在北京的后海地区。

她写了三本书《心的翅膀》《把我唱给你听》《这一刻的温暖》，每一本都写得那么阳光明媚，像极了她的人生态度。

记得她同我讲述她遭遇不幸的故事，她说，失去双腿，可能周游不了世界，但家人都在身边陪着。她说，胳膊会时常无力，但不能阻挡她写作、记录生活。她说，就算眼前没有诗和远方，她还可以去知识的海洋里寻找……

这字字句句，你可能暂时读不出什么来，但是你读上十遍，二十遍，你就能慢慢领悟了。

一开始我也不相信，这个姑娘毅力竟然那么坚定，那么强大。但她对命运不屈服，不由得让我佩服！

就像《平凡的世界》里说的：在这个世界上，不是所有的合理和美好都能按照自己的愿望存在或实现。

所以很多事情我们无法左右，就像你经历的苦难，我经历的不幸，我们都左右不了，能做的就是积极地面对，乐观地活着。

在好好活着同时，还得拼了命努力，只有这样，我们才能走得更远，看得更阔。

二

记得从小到大很多人都在说我乐观。其实那只是我的生活态度而已，或许大多数人都是这样，只是他们自己没有意识到这一点。

不过我的遭遇，这个世界上也有不少人正经历着，例如余秀华、霍金，他们和我一样，被命运百般捉弄。可我又能怎么样呢？除了继续乐观地面对现实，去改变自己，但身体的缺陷我改变不了。其他方面我可以学习，甚至可以做出成绩。

像文章一开始提到的史铁生先生，他年轻的时候病魔缠身，最后能走出来，始终靠的就是自己，别人唯一能做的就是鼓励与陪伴。

是的，始终我们还是要活着，活着还能有希望。

有人或许会很悲观地告诉我们，你死了吧，这样你就解脱了，这样大家都解脱，父母没有累赘，更不会看到你们被病魔折磨的痛苦与挣扎，他们也不会因此而百般无奈与身心疲惫。

在这里，我要赶走这些人，我不希望自己受到这样的影响。

我想，活着还有点希望，死了，啥希望都没有了。还是活着的好，你说，是不？

其实，就是。尤其在青春年少的时候，你不做点什么，真的有点对不起青春那点时光。你不折腾几下，你怎么能找到更好的自己？

你不自律、埋头苦干，体面的人生和自由都会离你而去！

就像富兰克林说的：我未曾见过一个早起、勤奋、谨慎、诚实的人抱怨命运不好，良好的品格，优良的习惯，坚强的意志，是不会被所谓的命运打败的。

就像大家经常说的，愿世界待我们温柔。

其实，这个世界的温柔是你努力拼了命换来的！

并不是老天免费给你的！

所谓的那句：天下没有免费的午餐。它还是有一定道理的。

三

有一次，同学讲过这样的一个故事，让我更深刻地意识到：努力始终都是有用的！

换句话说：越努力越幸运！

同学本科在读，专业知识学得特别好，唯独英语学得不好。

过英语四级是大学生最头疼的事，我同学去年刚经历过！

作家李尚龙说，他在北京新东方学校教了学生三年英语，每天备课，练习语法。因为他知道要把最好的东西给学生，这样才会不辜负教师这份职业。

而我这个同学也像李尚龙老师一样，每天晚上背记五十个单词，白天练习口语，周末一个人泡图书室做各种各样的真题。

他说，那段时间特别煎熬，差一点没熬过去，因为努力学习的过程中他生病了，发了三天高烧，后来烧退了，身体脆弱了很多。他不敢熬夜学习，最后只能根据自己的身体情况合理安排学习时间，白天学习口语和记单词，晚上睡觉，周末做习题。

就这样度过了三个月，考试来临，他没有紧张慌乱，只是很平静地进入考场答题。

最后他幸运地考过了四级，比分数线多了一百来分。真是越努力越幸运！

这样的人，我相信不管在哪里，都会拼了命地努力，克服困难，寻找生命的曙光。

最后还是想说，如果不幸，那就拼了命地努力，我相信上天不会辜负一个努力生活的孩子！

在不确定性中生活

前几天,我收养了三个月的小狗突然翻肠了。父亲说,小狗一旦翻肠,就离死不远了。我听完父亲的话,心里不由自主地难过起来。

每天,我看着小狗难受得要命的样子,它一会儿跑进屋里蹲着凝视着我;一会儿跑出院子外门大声地叫着,仿佛在向老天诉苦;吼完之后,又灰溜溜地跑回院子里喝凉水,喝完之后,舌头伸出来,长长的;它的背上还流着血,不知道被哪家的狗给咬破的。

我看着它的模样,突然想到了自己。去年的今天,我还在幸福地上学;可今年的今天,却因得了奇怪的病只能待在家里。就像小时候在院子里种下的向阳花一样,开始的时候，我施肥、浇水，甚至给它清理周围的杂草。终于有一天它发芽了。一开始，我开心极了，还和玩伴显摆，我是个会种花的人。

突然有一天，我去姑姑村里读书了，只能扔下它不管。临走的时候，我请求父亲，让他记得帮我照顾我的花。可父亲却对我说，孩子，向阳花不需要人照顾，老天会照顾它的。

当时，我不是很明白父亲说的话。可当一步一步走到现在，我才发现人都是在不确定性中生活；除了人以外，其他动植物也一样。

小狗生病了，我们收养它的时候，很少会想到有一天它会生病。如同我自己，在以前的日子里，也不会想到今天的我会生病，会难过。向阳花也一样，也要在不确定性中生活。

开始的时候，我们可以给花施肥，浇水，但如果一直这样下去，它会依赖我们，倘若有一天我们不管它了，它就枯萎了。所以能让它长久存活下去的唯一方式就是，让它按自然规律生长。

几天过去后，小狗的病好了，折腾了几天，它终于获得重生。爱吃肉的它，老是在我做饭的时候盯着我看，其实我和父亲不经常吃肉，偶尔吃一次。但每次吃，总要分给它三分之一。

父亲说，这样会惯坏它的。结果真被父亲说中了，小狗总是喜欢吃肉，我喂它馒头，竟然一口也不吃，喂它青菜，更是闻都不去闻。这家伙，真的被我惯坏了。

慢慢地，我就不给它肉吃了。如果想要更好地活着，那就得改变它的生活方式。

我们人类也一样，在不同的环境中生存，也得用不同方式去适应环境。

这和最近上演的电影《哪吒之魔童降世》诠释的一样。哪吒出生之后，没想到自己会是别人眼中的妖怪，他也曾想像我们小时候那样，有父母疼着爱着，有小伙伴可以一起玩耍。可是，他的命运天生就不一样，被别人骂，被别人嫌弃。

但哪吒有他独特的生存之道。在他不确定性的未来中，他渴望被人理解，也渴望有朋友陪伴，最后，他终于获得他该有的尊严，并实现了他最美的愿望。

这部电影，让我懂得：面对未来的不确定性，要怀着一颗平常之心去迎接未来。

偶尔，我也会看到人性的险恶，但只要我自己保持善良，这世界总会以善良以温柔回馈我。我知道我的未来充满不确定性，但我只要保持平常心，相信未来一定会越来越好，越来越幸福。

一锅生面条

提起生面条，我便会想到母亲，想到和我一起做生面条的侄女。据侄女的妈妈讲，那时我七岁左右，侄女五岁左右。

那是一个炎热的夏季，父亲常去田地里干活，母亲则在家带我，表嫂家的女儿经常过来找我一起玩。有一天中午，母亲饿了，我和侄女也饿了。母亲于是下炕取面粉和面，说是给我们做面条吃。我和侄女开心极了。和面的过程中，母亲发病了。突然一会儿和着面，一会儿又去倒腾别的东西去了。我发现不对劲，便猜想到母亲发病了。那一刻，我猛然间有了一个想法，便对侄女说："囡囡，咱们一起做面条如何？""姑姑，好"，侄女立刻答应了。我和侄女洗了洗手，上了炕，抢过母亲手里的盆子和盆子中的面团。然后我学母亲的样子揉起面团，侄女帮我按着盆边子，以防我用劲太大，把面团甩了出去。我脑袋里开始回忆父亲做面条的画面，一边揉一边思考接下来怎么做。面团揉成之后，放到一边。然后，去水缸旁边拿起案板和擀面杖，还有菜刀，一起拿到了炕上，准备面团醒好之后，大干一场。过了几分钟后，面团醒好了，侄女说要和我一起做，母亲在旁边一边用红裤带抽打自己，一边眼瞅着我和侄女这边。那会儿的我，已经习惯母亲发病时抽打着自己。尽管我看着难受，但我一点儿办法也没有。

第一次做面条，很生疏，只能在脑子里回忆父亲做面条的画面，并照着做。侄女下地烧开水，我在炕上做面条，母亲依旧"沉醉"在她的世界里。侄女很有生活经验，她走过水缸边，拿瓢在水缸里舀了三次水，倒进锅里，然后盖上锅盖。转身，她出去取了木柴进来，把柴火放到灶台里，然后用锅边上的柴火点着，双手合并一起拉着风箱呼呼地烧水。

我在炕上学父亲做面条的样子，一边把面团放到案板上，双手按一按面团的中央，然后拿起擀面杖上下左右来回地擀，直到面团变薄，变成大圆饼，最后把整个案板占满，才把擀面杖放到一边去；随后又拿起刀子，井然有序地划着薄面皮。薄面皮被刀子划开一道又一道，最后我用手把薄面皮一条又一条地扒拉开，坐在炕上等侄女把水烧开。

没过几分钟，锅里的水开了，母亲跑了过来，把锅盖拿开，非要坐在炕上和我一起下面条。我没推开发病的母亲，而是把案板上的面条递给母亲，自己拿了一条在手里，然后一下一下揪面条。揪一下放到锅里，然后再揪一下放到锅里，母亲和我做着同样的动作，侄女拉风箱烧火。我们娘仨个，配合得很默契。

很快，案板上的薄面皮没有了，母亲停下了揪面条的动作，静静地坐在炕上。我转身下地把案板拿到水缸旁边，连同菜刀、擀面杖一起放到了水缸旁边。侄女去院子里取木柴去了，我在锅边看面条，发现差不多了，于是就呼喊侄女不用再拿木柴进来。

我在锅边，拿着大勺子往大盆里舀着面条，侄女进来，拿起三个碗三双筷子，屁颠屁颠地拿到炕上来，母亲看着我和侄女忙碌的身影，不禁地笑了起来。我把面条盛进大盆里，然后坐下给母亲和侄女碗里盛面条，给她们盛完之后，递给她们。随后，给自己盛了一碗，拿起筷子低头吃了起来，母亲和侄女也是如此。

我们正吃的开心的时候，表嫂来了，准备喊侄女回去吃饭。表嫂一看我们这正吃着呢，瞅了瞅盆里的面条，说："孩子们，面条没熟啊！"母亲听了之后竟没有一点反应，呆呆着盯着我们看，而我和侄女却吓了一跳。"妈呀，我竟然吃了生面条，会不会肚子里长虫子，妈妈？"侄女冲着表嫂喊道。而在一旁的我，一句话也不敢说，只是静静地看着表嫂她们。

多年以后，再忆起这段往事，心里满是惆怅；同时内心深处还有一些欢喜。这么多年，还能把有关母亲的回忆存在脑海里，真是一件不容易的事！

如果那年，我再大一些，生活经验再多一些，母亲和侄女都不会吃到生面条。可惜，我和侄女都只是不懂事的孩子，而母亲则是一个病人。那时候孩子只能做孩子力所能及的事，病人也如此。吃了生面条的人，到现在肚子里也没有长出虫子，可时光却再也回不去了。

如今，母亲已离世十多年，侄女也已成家立业，表嫂当了姥姥，每天围着外孙转来转去；只有我还在碌碌无为，还在寻找生命的意义。

流着眼泪吃饭

去年十一月份，因左腿和左胳膊经常发麻，甚至有时候左腿异常沉重麻木，我感觉自己的身体出现问题了。于是，我向班主任请了一天假，准备去本地最好的医院检查一下。

学校离医院有二十多公里，需要坐两个小时的公交车才能到医院。那天早晨，我早早地起来，收拾妥当之后，就踏上了去往医院的路。

检查结果出来，差点把我吓得半死。医生说，我可能得了半身不遂，如果不及时医治，可能会瘫痪。

那一刻，坐在医生办公室里椅子上的我，慌了，乱了，像田地里突然碰到人的脚尖的青蛇，瞬间惊慌失措，猛然间向草丛里面窜去。

可医生的办公室里没有草丛,更没有地洞,有的只是残酷的现实,和一个必须接受的事实。

医生依旧询问我身体出现的症状,而我早已陷入沉思,完全不理会医生提出的问题。转头看向窗外的我,眼神里都是迷茫与恐惧。那一刻,真想有一个人过来抱一抱我,哪怕一分钟也好,只要抱一下就好。可是,我是一个人,永远都是一个人。

最后医生大声地喊了一声我的名字,我才突然醒过来,从悲伤的沉思中醒过来。医生说,先给我配点药,先吃吃看,如果比现在更严重了就再过来治疗。我听了医生的话,取了药,坐上公交车回了学校。

从医院里回到宿舍,我的心情一直很低落,中午的时候,室友喊我一起去吃饭,我一口拒绝了,为了不引起室友的怀疑,我叫了一份外卖回来。

室友们去餐厅吃饭去了,而我的外卖也过来了,我下楼取了上来,然后坐在凳子上吃了起来。可是一想到我的病,心里就越来越难受,眼泪不由自主地流了下来,和嘴里的饭一起被我吃进肚子里。眼泪是咸的,和米饭加起来味道真特别。从来都没有这样过,边流泪边吃饭,那是第一次,以前觉得再痛苦的事,都没有吃饭重要。这一次,也许真的是绝望了……

那一个月,我害怕了,不敢向任何人诉说,只能默默地承受。白天与室友嘻嘻哈哈地去上课，晚上蒙在被子里哭，一边哭，一边安慰自己，相信自己的命运一定不会这么凄惨。

临近毕业，学校要安排班里的人去工厂实习。我不知道怎么办了……我知道我的身体一定不能去外面的工厂干活，要不然真的有生命危险。我只能在学校的工厂实习，学校工厂的工作肯定比外面轻松许多，尽管没有实习工资。

在学校工厂里，我干了将近三个星期，左腿变得越来越沉重，胳膊也越来越麻木，我知道这是病情加重了，我必须和家人说一说。

于是，趁着星期天回家，我和父亲说了自己的身体状况。父亲听完，吓了一大跳，急忙带着我去医院再做检查。

这一次去的是骨科医院，拍了片子，做了多项检查，最后检查结果是：脊髓病变。那一刻，我心里的大石头终于放下了，我想，只要不是半身不遂就好。

接下来的日子，我与父亲两个人从医院到家里来回跑，为的是可以把我的病治好。

眼泪是咸的，只有尝过才知道。身体健康比什么都重要，身体出现问题，人才会格外珍惜自己的生命。

或许这就是我的人生，一边在失去，一边在珍惜；一面嘻嘻哈哈，一面蒙在被子里痛哭。

也许青春只是青春

二十岁那年夏天,我遇见一位白衣少年。

二十岁的年纪,正是上大学的年龄,而我那时候却在上高中。说起来,这段青春是美好的,是难忘的。高中三年,疯过,闹过,哭过,笑过,也努力过,最主要的是也爱过。

别人十六七岁情窦初开,而我二十岁才为了一个男孩红了脸。在情感方面,我开窍得有点晚,就算是有,也是懵懵懂懂的。

高高的个子,挺挺的鼻子,说话幽默,爱笑,笑起来像太阳一样温暖,骨子里有独特的善良与童真。就是这样一个男孩让我红了脸。那时,他是全校优秀的学生,文理通吃,是重点班里的优秀班干部、三好学生。遇见他是偶然,也是必然。我高一时候的室友找关系进了他们班，他和室友玩得挺好，于是通过室友，我认识了他。

后来，与他慢慢地熟悉起来。他说没认识我之前，就已经听说过我。他听别人说，181班有一个女孩叫婷婷，特别善良可爱，特别爱笑。他听说过我，我一点也不觉得惊讶，那时候我想整个年级的师生都认识我。

的确如此，那时候，我很出名，不是明星那种出名，而是因身体特别而出名，因爱笑而出名。就如同室友形容的那样，逢谁而来，我都笑脸相迎。然而，我一笑起来，脸上的表情全都出来了，给人的感染力特别强。所以大家认识我，是很正常的事。

但遇见优秀的他之后，我变得自卑起来，身上原有的自信越来越弱，和他在一起的姑娘既优秀又漂亮，我除了羡慕嫉妒，别的什么都做不到。我没有漂亮的脸蛋，也没有高高瘦瘦的身材，只有一颗爆棚的少女心。那时，慢慢地一点点地靠近他，是我能做的最勇敢的事。

那时最美好的事就是：他学理，我也学理；他在三楼上课，我也在三楼上课，只不过他在三楼的最东边，我在三楼的最西边，也许世界上最遥远的距离莫过于此。幸好的是，他的同学我也认识不少，慢慢地对他的了解越来越多。我觉得喜欢一个人，远远地望着他，也是一件幸福的事。

我是一个弃文学理的人，对于理科的所有课本上的知识，我一点儿也不懂。比如上午讲的化学公式，下午就忘了；昨天讲的数学的几何空间，今天再翻开看，还是和没学过一样，做题的时候根本套用不了。那时候，在很多人的眼里，我是一个货真价实的学渣。

不过这个学渣身份好，正好可以有机会请教优秀的他帮我解决学习上的问题。

为了请教他，我每天都会准备好多不会又不懂的题，去他们班门口叫他出来，让他给我讲解这些让我看一眼都头大的理综习题。

他讲解习题的样子，迷人又帅气、可爱。那时候的我，爱得热烈且真诚。每次一见到他，心里不知不觉乐开了花，就算一句话也不说，他轻轻地一笑，我就彻底沦陷在他的笑容里。

那时的他，穿着蓝色的校服，红色或白色的运动鞋，每每从我身边走过的时候，仿佛一缕清爽的微风，抚摸着我细腻的皮肤，吹乱我的秀发，拨动我的心弦；带着神秘一步一步远去，让我可望不可及。

2016年的初夏，那个六月，离高考越来越近，离人生第一个转折点越来越近。大家都在努力学习，为自己的青春画上圆满的句号。

我和他一样，为了梦想冲刺着，向前奔跑着……

拍毕业照的时候，我特意跑过来和他拍了一张合影作为留念。因为我知道这次分别，可能天各一方，今后没有机会与他相见。因为优秀的人，总会走向更精彩的人生；而我只是一个平凡的姑娘，梦想平凡，人生也平凡，所以我们终究会错过。

青春年少时，有遗憾，是最圆满的青春。青春因遗憾而变得格外精彩与难忘。我的青春就是这样，我最爱的少年最终远去人海，我所留恋不舍的青春都成为过去。

青春里的他，那个充满阳光的少年，让我明白，青春只是青春，过去了就再也回不去了。

青春里，那些卑微，那些勇敢，那些心动，都是因为一个少年路过身旁。

曾经和喜欢的人一起跑步，吃饭，穿同样的校服，都以为那是世界上最幸福的事。

的确如此，不是你喜欢的人很有魅力，而是青春本身就魅力四射，它很奇怪，也很神秘，总是让我们对它念念不忘。你遇见的那个心动的人，也最终成为你一生的向往。

惊艳了整个童年的青蛇

每当进入梦乡时，总有一片绿色麦田出现。每当回忆儿时时光，总有一个人让我铭记在心。每当与狗儿玩耍时，就会想起儿时那条青蛇。

回忆起往事，令我难忘的还是童年的夏季，农作物生长最好的时候。那时我经常与礼拜天回来休息的表哥一起去野外给小羊羔寻灰菜、山苦荬、茅草、狗尾草、牛筋草、车前草、痴头草等草食。你可别小看这些杂草，那些小羊羔和小猪都是吃它们长大的，每次我一拿上麻袋去田里割草的时候，很是兴奋。缘由很简单，田地里自由，空气新鲜；无论怎么大喊大叫，都无人约束。

有一次，我和表哥来到一个到处是山沟的麦田里，那里的杂草繁茂，我们满"袋"而归。不过那次出行，我们在田里遇到了一条蛇，让我第一次感到害怕、恐惧，很少哭的我竟然在田里大哭起来，身旁的表哥也怕得要死。其实那也不是什么庞大的生物，只是一条蛇而已，但它的皮色青绿，嘴头发红，舌头忽出忽进看起来很恐怖，第一次碰到，难免会吓得屁滚尿流。

记得当时我正拔着狗尾草，没留意狗尾草的下有东西存在，拔起草的时候，感觉脚下好像有东西在游走，低头一看，是青绿青绿的且还很长的东西在草里窜着。我脑袋一热，神经变得紧张起来，便大叫一声，吓得表哥从远处奔跑而来。

表哥忙慌失措地问我："妹妹，怎么啦？"

"哥，你看我脚下，那东西在咬我啊！我害怕啊！"

表哥低头一看，说了一个字"蛇"，然后慌乱着拉上我的手撒腿就跑，我俩硬是一口气跑到了另一块田地，停下喘口气时，却被眼前满田的油菜花吸引了。金黄黄的盛开的花朵，惹得我们很兴奋，那条青蛇带来的恐惧一下子消失了。

我俩一边欣赏着油菜花的美，一边为家里的羊羔和猪儿找食物，太阳到天空中央的时候，表哥说："妹，晌午了，我们该回去吃饭了，我都快饿死了！""哥，我也是，肚子都叫了好几次了……"

我们背着小羊羔和小猪儿的美餐满"袋"而归，表哥在前面走着；我年幼，劲不大，拖着麻袋追着表哥跑，汗流浃背的！

后来表哥上了初中，回来的机会很少，但他一回来我就拉着他上山玩，每次游玩都会碰到有趣的事，上次是蛇，这次幸运的还是大青蛇，再次看见它，我依旧惶恐和好奇。我问表哥："哥，那个满身都是绿皮的蛇能拿在手里玩吗？能不能吃啊？"那时在表哥眼里我就是"十万个为什么"，问题问得他常常大笑不止，我问他为什么大笑？他总说：妹啊，你真有趣呀！

我还是不解，之后也不说什么，于是同表哥一起大笑。

其实当时那只青蛇受伤了，背上流了很多血，大概是被称动物界老大的老虎咬了吧……那时的我胡乱地猜测。

表哥很有爱心，我俩用捡来的烂布烂绳子一起帮青蛇包扎了伤口，然后就把它放生了。

当时青蛇伤得有点严重，背上到处都是血，头上满满的血道，好像被刺猬刺得，也好像被老虎爪子挠得，反正到处都是伤口。细心的表哥怕它疼，小心翼翼得包扎伤口，把烂布条用手慢慢地从蛇肚子下穿过去，裹住了伤口，拿绳子绑了起来。随后我拔了几根绿草给表哥，让表哥把蛇头包扎了一下。蛇很听话，没有一丝的反抗，安安静静地躺在地上，任由我们随意摆弄，好像家里养的土狗一样，一直顺着我们的心意来，好像生病的老人一样，任由医生处置。

后来这条大青蛇也是奇怪得很，对我们也友善得很，包扎完毕后，我们与它玩，它听话地不吐信子，任由我们摸它，青绿青绿的皮色真好玩！好想带回家呀！那时心里一直这么想。也许表哥猜到我的心思，一本正经地对我说："妹呀，它们都属于大自然，山坡、野草丛、山洞、地洞才是它们真正的家，所以我们要放它们回家，像它们放我们回家一样，所以啊，我们也得回家了……"

表哥的话意味深长，那时候的我尚小，懂得不多，完全处于懵懂的状态。还好，我们放生了那条大青蛇，放生了我们那时的善意，放生了我们的快乐与幸福。它们会自己找到回家的路，而我们也能找到回家的路，感受到回家的温暖。

许多年过去了，表哥已成家立业，我也在做着自己喜欢的事，但童年的那段时光依旧留恋不舍。

童年的时光里包含的乐趣太多太多了，所以会一直留恋不舍。像那时的明月、山川、田野、村庄里的一切，羊羔、小猪、小鸟、玩伴、家人，甚至还有独特的情感，这些我实实在在的拥有过，同时也在慢慢地失去着！

如果当时我们没有一起为羊羔和猪儿觅食，没有遇见青蛇，没有经常出去游玩，我想我们的童年生活该百般无趣了……

我享受平淡无奇的生活带来的空白，也享受美妙奇遇后带来的惊险刺激，时间海带给我的汹涌波浪，让我时时充满着喜悦。

如今童年回不去了，那条青蛇现在在哪里呢？

有人说，一个人在童年经历了什么，长大后的人生态度就是什么样的！

后来发觉好像就是这样子，我不喜欢伤害野生动物，所以爱极了家畜——狗儿、猫儿、羊儿。为什么这么说呢，野生动物在大自然，我们轻易触摸不到，但家畜随处可见。我不喜欢悲伤弥漫身旁，所以常常微笑待人，微笑面对现实，面对生活。

无论现在我的心怀如何，明天如何，人生如何，都不如与表哥放生大青蛇那一幕来得感动，来得热泪盈眶。那一幕也像极了我曾埋葬三只小猫的场面，那一条条幼小的生命就这样走了，谁都不忍心目睹，包括在场的自己。

正因它们的存在，我的童年有趣且善良可爱。

是它们惊艳了我的童年，同时也惊艳了我往后的岁月，善良且明媚，热烈且欢悦。

未来又是什么模样，好像也重要，但还是要由我自己去创造，开一家宠物医院还是写书品茶，这些都是未来的样子，我很是期待。希望未来都是我想要的样子！

山坡上的母亲

想起母亲，我脑海里关于母亲的画面越来越少，越来越模糊。不知从何时起，母亲已消失在我的世界里，也许是从十岁那年开始吧，也许是从二十岁那年吧……反正随着我年龄的增长，母亲离我的世界越来越远，远到有关她的事很多我都记不起来了。

初中的时候，语文老师让全部同学在课堂上花四十五分钟，写一篇有关母亲做好吃的饭菜给自己吃的作文。那一刻的我，特别伤心，从出生到读书，从有记忆力的开始，我好像从未吃过母亲亲手做的饭菜。于是，那天我没写有关母亲做的饭菜，而是写成了"父亲的莜面洞洞"。写完这篇作文之后，我心情低落了很久。

每一次看见别人的母亲来学校看望自己的孩子时，我心里总是羡慕不已，常常幻想什么时候母亲也能来学校看望我。这种幻想或许只能在梦里实现了！

那时候，我十七八岁，正处于花季。我也想做一个美美的少女，有漂亮的裙子穿，有好看的头型梳，像其他的女孩子出门时穿着时尚，走路优雅，可我依旧是一个卑微又脆弱的少女，怕被瞧不起，怕被人嫌弃。偶尔受了委屈，受了欺负，就找个角落躲起来，那一刻我最想念的是母亲。可惜的是，我无法像别的同学一样，想念母亲了，就打个电话问候一下，那时候只能在晚上仰望星空，因为我知道母亲在天上看着我，同时也陪着我。

每年清明节的时候，我总会抽时间回去给母亲上坟。从我十岁开始，母亲便躺在山坡上，躺在家乡的土地上，而我一直在他乡，读书，生活，努力成长。有时候我就想，如果母亲还活着，她的病一定可以医治好，现在医学那么发达。那样的话，她就可以陪我一起成长，看着我成家立业，一起享受美好的生活！

身边的朋友都知道我很少和他们聊有关母亲的事，所以关于母亲的一切，他们一概不知。他们不知道我的母亲是有病的，也不知道是去世了还是与父亲离婚了？总而言之，我不说，他们也不会刨根问底。

今年清明节的时候，我刚做完脑瘫手术，因需要休养，没能回去看看母亲，只是在出租屋旁边的公路上，烧了纸钱，点了香，磕了头。

五月中旬，为办理残疾证，我回了一趟老家，本想着买点纸钱和吃的，去山坡上看看母亲，可想到自己满身都是病，就作罢了，不能让母亲看见我现在这么痛苦的样子，我相信母亲会体谅我的！

我们所爱的人总会离去，有的离开得早，有的离开得晚。而我的母亲离开得太早了，我还没来得及看清她的脸，还来不及记住她怀抱里的温度，她就走了，永远地躺在了凉凉的山坡上，躺在家乡的土地上。

幸好，村后的山坡，草木丛生，鸟语花香，土壤肥沃，母亲不会孤单。偶尔牛群、羊群经过坟墓，牛哞哞的声音，羊咩咩的声音，像美妙的音符围绕着母亲，祝愿母亲在那边幸福快乐。

世界很大，母亲没见过的风景有很多，没见过的人有很多，没吃过的美食也有很多，而我能为她做的事，就是替她活下去，然后替她看看这个世界上的每一处风景，每一个人的模样，聆听每一个动人的故事，书写每一天的感动和生命的美妙。

婶婶的背影

我有两个婶婶，一个生活在乡下，另一个生活在现在我所在的城市。而和我关系最好、感情最浓的是生活在乡下的婶婶。

这个和我关系很好的婶婶从我十二岁开始，便嫁给了叔叔。叔叔是父亲辈分里最小的兄弟，所有的姑姑和伯伯、叔叔都特别疼爱这个叔叔，而对婶婶也如此。因为最小，所以得到的宠爱也多。

婶婶比叔叔小七八岁，所以和我差不了多大，顶多十岁。可婶婶的命运和我一样凄惨，是天生的聋哑人，不会说话，耳朵也听不到声音。与她交流，只能用手指比划。没上大学之前，无论和谁说话交流，我也喜欢比划，可能是因为和婶婶在一起的日子久了，这种行为已成了习惯。偶尔不用手指比划时，感觉自己好像缺了些什么东西似的。

离开婶婶后，我来到大城市读大学，日子一长，慢慢地才意识生活中渐渐少了婶婶忙里忙外的身影。在乡下的时候，我时常和婶婶一起做饭洗衣服，摘菜拔草，喂鸡，喂羊，打扫满院子的羊粪，打水担水；过年的时候，清扫家里，一起包饺子，做年夜饭，扫门口的积雪。

如今，婶婶一个人在县城跟孩子陪读，给孩子做饭，洗衣服；偶尔去逛逛街，买买衣服，买衣服也不给自己买，都是给孩子和叔叔买的！

这次五一节放假，因有事我回了一趟县城，在婶婶家住了三天。记得我回去的那天，婶婶一见我激动坏了，一直拉着我的手不放。以前刚生孩子的时候，问她喜欢男孩还是女孩？她用手指比划，指自己的耳朵上的耳环，于是我明白她是喜欢女孩的。可无论生女生男，都是自己身上掉下来的一块肉，身为母亲，她都是爱着的。

那天，我回去屁股还没坐热，婶婶非要拉着我上街，说是要给我弟弟买裤子和鞋子穿，然后用手指比划告诉我，她担心她不会说话，怕卖衣服的人骗了她。那一刻，我特别感动，这就是一位伟大的母亲，处处为孩子着想，怕孩子穿不好，怕孩子在学校里受歧视。而对自己的衣着从不关心。那天，我见她穿的还是我高中的时候替下来的衣服，鞋子也是。脸上的皮肤依旧那么干涩，那么黑，不化妆，也不烫头发，头上还是一根梳起来的马尾辫。这样的婶婶，让我感动又心疼。

我放下包，随着婶婶出了出租屋，快步地向热闹的火狐狸商场、华林商场奔去。

开始进去的是华林商场，这里的儿童衣服和鞋子贵得吓人，上衣一百多，鞋子二百多，婶婶一看衣服上的标价，便向后退一退脚步，然后转头走开了。当时的我，可能习惯了，在大城市里买衣服可比县城贵多了，一件衣服标价都是几百块钱，或是上千上万的，我已不足为奇。婶婶转了一圈，看见每件衣服、鞋子都那么贵，于是拉上我出了华林商场的门，一路又向火狐狸商场走去。

火狐狸商场的衣服一向很便宜，我读高中的时候，经常和同学买这里的衣服和鞋子。这里，超级适合学生群体消费，无论衣服还是别的生活用品，都特别适合。对于婶婶来说，来这里购买商品，是最恰当的选择。像我弟弟穿的裤子五六十块钱就拿下，而鞋子最多一百块钱也买下了。婶婶来到这里，开心极了。用手指一直比划给我看，哪件衣服好看，哪件不好看，哪双鞋子适合弟弟穿，哪双不适合穿，婶婶都一一指了出来。而旁边的售货员，也开心地笑着对我说，你婶婶经常过来逛，大家都能懂她用手指比划的意思。听到大家这样说，我也很开心，婶婶开心，她不会那么孤独，偶尔出来逛逛，认识新朋友，然后一起聊聊天，是一件多么幸福的事啊！

给弟弟买完衣服和鞋子，我们出了商场，我挽着婶婶的胳膊走向回家的路。马路上，车川流不息，我怕婶婶被车撞了，于是我让婶婶走在马路最左边，我走在她的后面，我手里提着东西，婶婶快步地向前走去，我紧跟在婶婶后面，看着婶婶的背影，我突然发现婶婶的个子矮了，腰也弯了，几年没见婶婶，她的变化是如此之大，真的是岁月不饶人啊！

在家附近的小巷里，婶婶更是走得飞快，我始终没能追上婶婶的脚步，婶婶的背影在我的眼里越来越小、越来越远。这画面像梦里母亲目送我上学走的时候的情景，我坐着大巴越走越远，而母亲的身影在我的眼里越来越小，到最后越来越模糊不清。

最终，我小跑着去追婶婶，婶婶回头望向我的那一刻时，我的眼睛突然湿润了，婶婶好像母亲，那眼神，那脸的模样，还有那走起来的体态，最后我拼命去追啊，追啊追啊……等追到的时候，才发现那不是母亲，是婶婶，是给了我一份特殊的温暖和给了我一份母爱的婶婶。

未来，我想，我要用更多的时间陪伴婶婶，陪她逛街，陪她一起做饭、聊天，陪她慢慢老去。

路要慢慢地走，风景要好好地看

　　我记得村上春树说过这样一句话，他说："终点线只是一个记号而已，其实并没有什么意义，关键这一路你是如何跑的，人生也是如此。"

　　虽然我已经想不起这句话到底来自哪本书哪篇文章，但我依旧记得我当时读到它的心情。那一刻想到了很多，人生、命运等等。

　　如今拿出来写一写那时的心情，也是鼓足了勇气。对于人生我至今了解得不够通透，而对于人生路要怎么走更是迷迷茫茫，我不晓得我该选择什么，更不晓得哪条路适合我，也许成长就是寻找自我，寻找正确的人生路的过程，而此刻的我正在路上。

现在路上的我有点迷茫、有点慌张。

我想每个人都有这么一段过程，或苦或甜都得自己坚持下去。

就像我在笔记本上写下的那句话一样：当一个人陷入困境时，支撑他活下去的一定是家人，还有梦想。

而我此刻活着的目的，除了以上两点，还因为各种各样的风景没有看呢！

记得在北京做脑瘫手术之前，我逛了北京的樱花园，那时是农历三四月份，正是樱花烂漫的时季。对于一个生病的人来说，只要看到一点点美好的事物，都会觉得生活充满了希望。

是的，那时我的心态就是这样的。尤其是看着一群花季少女们拿着相机，在樱花树下互相给对方拍照时洋溢的幸福，那真是让人羡慕。从那一刻起，我开始对生活又充满了希望与热情，不会因当下的病痛而垂头丧气、郁郁寡欢。

北京是一座承载太多人梦想的城市。北京城市繁华、文化厚重，令人向往。喜欢北漂的人是勇敢追梦的人。大家都知道京城米贵、生活不易，但是还依旧到北京打拼。

既然北京物价高，为何大家都喜欢这儿呢？我相信这里一定有它的迷人之处。

一次，当我与父亲饭后在饭馆门外的椅子上闲坐时，我竟被北京形状各异的摩天大厦吸引了，那一刻我真希望留下来，像大学同学蕾一样做个潇洒北漂的姑娘！

我坐在椅子上左顾右盼着，北京这座城市难道是我一直渴望要来的地方吗？我不停地思索着……

如今再回过头来看，那天坐在椅子上对未来的思考，更加地膨胀了我的梦想与野心。

记得朋友说过这么一句话：路要慢慢地走，风景要好好地看。

通过前面的思考与经历，未来我更加地确定了要怎么走，沿途的风景要怎么欣赏，还要怎么留得住！

朋友的这句话特别适合年轻人，年轻人的人生路不能走得太着急，就像婴儿一样，只有学会了爬，才能学会坐起来，然后慢慢地学会一步步走路、奔跑。

说到这里，我终于明白为何那么多刚步入社会的人会迷茫、会感觉无路可走，其实这些人只是因为没有方向、没有目标而已，无关其他！

近段时间因参加小学同学的聚会，一个石姓同学的经历，让我对未来有了更加深入的思考。

他说，他这几年过得一点儿也不好，初中时没能参加中考，一直在外面打工养活自己。因为学历低，在要学历文凭的企业单位面前，他根本抬不起头来。

他说，刚进入社会那会儿，被酒店的老板骂得狗血淋头，自己却一声也不敢吭，怕被扣工资，不然的话自己真的要去喝西北风！

夜里加班，刷盘子、刷碗，打扫酒店的大厅、宴会厅、雅间……每天都会累得筋疲力尽，还没有加班费，他自己硬是忍着，因为他知道，这是他要走的路，必须硬着头皮走完。

当他讲完这些，眼睛里不知不觉流下泪水，一个刚二十出头的青年，脸上竟然有了沧桑，沟沟壑壑的抬头纹，眼角的笑纹，头上乱糟糟的头发，说话透着长者的语气，这都不是这个年纪该有的，可是他全都有了。

那一刻我特别心疼他。

看来岁月真会摧残人。我们分开也没有几年，但我们之间竟有天壤之别，那一刻我不知道说些什么好，拥抱是我唯一能给他的，之后我安慰着他，给他力量。最终他说："无论以后走多远，别忘了我们就行。"

"肯定不会的，忘了谁，也不能忘了你们！"我在旁边回应着。

其实我们每个人一路走过来都是这样，有人在乎的是过程，有的人在乎的是结果。

我这个同学在乎的是过程，但这过程不尽如人意。不过我希望他可以摆脱这种情绪，以乐观的心态继续前行！

其实我的人生路过程也是不尽如人意的，努力的事没有一件圆满，身体还可能随时出现危机，但我除了好好地对待自己，别无选择。

我希望自己可以精彩地活，于是我不再害怕天黑，不再迷失方向，时不时地也会欣赏沿途的风景。

与我就像擦肩而过的路人，他的着装，他的肢体动作，走路风格，都值得我观赏一会儿。旁边的花草树木，街头小巷，车水马龙，灯红酒绿，高楼大厦，都值得我拍照留念。

就像王小波说的那样：我只愿蓬勃生活在此时此刻，无所谓去哪，无所谓见谁。那些我将要去的地方，都是我从未谋面的故乡。以前是以前，现在是现在。我不能选择怎么生，怎么死，但我能决定怎么爱、怎么活。

我们是自由的，可以随时选择自己走什么样的路，爱什么样的人，只要过程是认真的，我想人生会灿烂很多，生命会绽放很多！

愿你的人生路有一个精彩的过程，漂亮的结果！

父亲背上的"锅"

有一年的冬天,我问父亲背上的"锅"从何而来?父亲轻松自在地回了我一句:"年少贪玩,掉入深沟之后便成这样了。""那该是多深的沟啊?"我好奇地追问道。"就像咱们村里的李山沟吧!"父亲又答道。下一刻,我没再追问别的什么,只是在脑海中回忆了一下李山沟的样子。

深约五米,宽约三米,内部石头大小不一,黄沙成堆,蛇洞不计其数,杂草丛生,这就是我们村里的李山沟。而父亲掉进类似这样的地方,是一件多么可怕的事。我想,没失去性命,已是上天对父亲最大的眷顾了。

小时候,我和村里的玩伴也曾一起去过李山沟,由于我们胆小,不敢去靠近,只是在离它一米以外的地方低头向下望去，发现，这沟确实有点深，远看像万丈深渊，如若不小心掉进去，可能真的会没命。我突然心疼起父亲来。

早年间，父亲曾说过，如果不是因为背上的"锅"，他可能现在会过得稍微好点。他说，那年背上受伤以后，回家也不敢和父母说，只能独自承受着痛苦。家里的兄弟姐妹那么多，读书的要读书，娶媳妇的要娶媳妇，自己的这点小伤就不麻烦父母劳神。时间一长，伤口是愈合了，背上的肉包却越来越大，最后就变成了一口"大锅"。

父亲一开始所期待的未来：好好读书，然后和喜欢的人在一起生活。但他没有想到自己会因为一次小小的意外，让原来所期待的美好一下子落了空。

1981年，父亲结束了学生生涯，骑着二八自行车带着失落、带着遗憾回到家里，像自己的父亲一样做一个普普通通的农民。

几年之后，逐渐成长的父亲褪去了年少的青涩、叛逆，开始像个成熟的大人担起家里的责任，种地、放羊、收割庄稼，甚至学着照顾家里的弟弟妹妹。

后来，父亲也到了成家的年纪，可自己喜爱的姑娘还在读书，这是家里人不知道的！慢慢地，家里人、村里人托人给他介绍对象，旁边村里的姑娘有很多，但同意的，要的彩礼多，家里承担不起；还有的对对方的要求也高，希望对方是170厘米的个子。相亲的对象，有的嫌弃父亲家里太穷，看不上；有的因他背上的"锅"，骂父亲癞蛤蟆想吃天鹅肉；有的压根都不给他机会，直接拒绝了。父亲的日子过得很心酸！

猛然间，我想到了自己，也想到了很多身边的人；像得了脑瘫的石头与波子，小儿麻痹症的飞哥，还有文友洛洛；在这个世界上，我们这几个与父亲一样，因意外造就了我们最不希望的样子。

因为自己是残疾人，父亲只能找一个与自己相似的人，像我的母亲那样，患羊癫疯。那时候，在奶奶的眼里，母亲就是又愣又傻的疯子。后来，父亲和母亲在所有人的质疑下成了婚，组建了一个幸福的家。

父亲的家庭被人质疑，父亲的命运也被人说三道四。但父亲有一点特别好，无论自己的妻子在别人眼里如何，他自己从不会说什么伤害妻子的话，对妻子相当的尊重。母亲在世的时候，父亲从未骂过母亲，一直唤母亲的乳名——桃子。

母亲走了之后，我从父亲身上学到了很多：对多舛的命运，保持不卑不亢、顺其自然的心态。

2017年的秋天，父亲因挖五米的深沟，被倒塌的土房压倒，差一点丧了命。听姑父述说，沟旁边的土房因连续三天下雨，而变得脆弱，房屋的泥土一挨就掉；但为了包工任务，必须挖完七八条沟。那天谁也没有料到会发生这样的事，当时在场的还有我的叔叔、姑父、表哥。

父亲被土块挤压着的那一瞬间，呼吸困难，胸部好像被捅了一刀，生疼生疼的！慢慢地，父亲看见数双模糊不清的手，抓来抓去，左一下右一下，直到所有的土被姑父他们移开，把父亲拉出来的时候，他才感觉到自己还活着……这些是父亲回想当时的情景时说的。

姑父他们说，如果那一天那一瞬间，他们发现得晚一点，也许造成的将是他们一生的遗憾，在这个世界上就会多了一个孤苦伶仃的孩子。

是的，这真是一件特别可怕的事！父亲被送进医院之后，姑父他们没一个人敢告诉我，也许是不想让在学校的我担惊受怕！过了两天，我在大家庭微信群里听到了姑姑说的话，得知父亲受伤住院的消息，我瞬间慌了！为了快速去医院，我从宿舍的床上到老师的办公室和学校门口公交站只花了十五分钟，这在平时是根本不可能的。

从此以后，父亲的背上的"锅"不孤单了，因为胸口处又长出了一个"锅"，像背上的"锅"的孪生兄弟一样，有福同享，有难同当！

我也曾害怕过黑夜

每次一听到张杰唱到这首《夜空中最亮的星》时,心里所有的压抑瞬间都跑了出来,好像身上的细胞都得到了释放似的。

夜空中最亮的星
是否听清
那仰望的人
心底的孤独与叹息

我曾是那仰望星空的人,而我最美的星空如今还在吗?还在我期待满满的世界里吗?

曾经，我喜欢独自欣赏黑夜的美丽，星空的深邃，可初三那年的一个夜晚，一个酒醉的壮年人抹杀了我对黑夜的追逐。

记得那天晚上，因周末休息，我出去玩了一天，快六点的时候我去了之前经常去的一家米线店，进去点了一份自己喜欢吃的米线，拉了椅子坐下，看着旁边一对夫妻吃米线的样子，心里莫名地幸福起来。

七点多的时候，我吃完了米线，带着满心欢喜走出米线店向学校走去。走着走着，我在马路旁边的大树下停住脚步，抬头仰望那晚的星空，心里不由自主地对星空盛赞起来："哇！满天繁星真美，真想变成其中的一颗！"我一边悠闲自在地欣赏着星空，一边向前走去……突然，从一个小巷里摇摇晃晃走来一个人，胖胖的，穿了一身黑色衣服，慢慢地向我靠近。开始的时候，我以为他只是偶遇的一个陌生人，所以看着他越来越近的身影，我依旧散我的步，毫无一点紧张和警觉。

没等两分钟过去，他走到我身边停下脚步，我感觉越来越不对劲，想撒腿就跑的时候已经晚了……那个壮汉猛然间抓住我细细的胳膊不放，身子慢慢地往我身上靠，我用尽全力去挣扎，去挣脱他的手以及靠过来的身体。那一刻，真的害怕极了，真想有个人过来解救我一下，可我知道那是不可能的，因为身边没有一个人在。在百般挣扎中，我急于自救，用嘴在那个壮汉胳膊上狠狠地咬了一口，那个壮汉被我咬一口之后生气了，瞬间一个耳光重重地打在我的脸上，"你这个兔崽子竟然敢咬我，我看你不想活了……"满身酒气的壮汉狠狠地冲我喊道。"你这样是犯法的，大坏人！"我愤怒地大声回应道。这时，突然从刚才那个小巷里又出来一个身影，快速地靠近我，越来越近，然后便大声嚷嚷："快来人啊，这边有流氓欺负小姑娘！快来人啊！"

这好像是一个老奶奶的声音，而且越来越近，随后那种小跑又喘不过气的声音，终于在我耳边停下了。老奶奶拿起自己手里的包砸向壮汉的头，壮汉还未来得及反应，老奶奶又拿包砸了一下壮汉的头，壮汉松开了我的胳膊。那一刻，我知道自己得救了，于是我用右脚赶紧踢开壮汉，马上拉上老奶奶的手，撒腿就向前跑！

老奶奶因年纪大了，跑得越来越慢，越来越追不上我，喘口气便对我说："孩子，赶紧跑，赶紧跑回学校去……"

那一刻，我意识到自己不能再跑了，便停下脚步对老奶奶说："谢谢奶奶救了我，真的太谢谢您的救命之恩，接下来我陪您慢慢走吧！我不怕，反正有您陪着……"

后来，每每想到这件事，心里便五味杂陈。我憎恨那个夜晚，也感谢那个夜晚。因为那个壮汉的出现，我认识到了人性的阴暗面——兽性；又因为那个老奶奶的出现，我看到了人性的本质——善良。

从那个夜晚开始，我变得害怕夜晚出行，除非有人陪着。可随着时间的流逝，年纪的增长，慢慢地我成了一个大人，一个成年人，面对黑夜的来临，逐渐不再害怕了，因为人的心随着成长可以变得强大。

生活中，我们会遇见黑暗，遇见险恶，然后再遇见善良，最后一步步地走向更好的自己，更强大的自己，勇敢、无所畏惧，像一只深山老林里的老虎在这个世界上凶猛威武地活着！

从认识死亡开始

对于死亡,我原本不想去思考,因为我还不到思考它的年纪;但命运却偏偏让我不得不去思考它。

记得第一次接触死亡,是三岁那年爷爷离世。对于他人来说,关于三岁的时光或许早已忘得一干二净。而对于我来说,唯独有一个画面一直在脑海里保存着。我不知道那是爷爷去世的第几天,只记得妈妈抱着我在家里的窗户边上站着,我透过晶莹剔透的玻璃,望向院子里的棺材,望着望着,眼泪不由得流出来,随后我举起自己的小手向外面的棺材使劲挥手、使劲挥手……

这是我第一次接触死亡,那时候只是三岁的孩子。

第二次面对死亡是十岁那年母亲离世,我像一只笨拙的小鸟，不知该如何处理当下发生的一切。父亲处理母亲的丧事，两件白衣服，一副棺材，还有我和挖坟墓的几个人；一场丧事，简单又省事。为母亲送行的人，没几个，院外一位经常光顾我们家的阿姨来了，她同母亲一样患有羊癫疯。母亲在世的时候，两人一见面就争吵个不停，最终都是不欢而散。那天，母亲躺在院子里，而阿姨在院子大门外远远望着母亲，那神情我无法形容，也许只有母亲才能真正懂得阿姨的那种神情吧！

　　十二岁那年，奶奶离开，我再次接触到死亡。那时候我才上三年级，对于奶奶，我是爱恨交织的。奶奶因观念问题，对我和母亲一直不好。七岁的时候，我想吃糖，于是我向奶奶要钱去买，结果被臭骂一顿。后来我拿了窑洞里热乎乎的鸡蛋换了糖吃，奶奶知道后，拿着自己的拐杖狠狠地打了我的屁股，害得我好几天不能坐，睡觉的时候只能趴着睡，那一段时间我非常厌恶奶奶。她兜里的冰糖从未想过给我吃，每次我一向她要，她都让我滚一边去。奶奶在世的时候，柜子里的冰糖和兜里的冰糖从未间断过，只是我那时候从未体会到冰糖吃到嘴里的味道，虽然奶奶这样待我，但她的离开，我还是在奶奶的棺材边上大哭了一场。我知道，奶奶走了，从今以后我再没有奶奶了。

　　这么多年过去了，身边的人有的老了，有的已经离开，而我对死亡有了更深的理解。我想，我的人生就是从认识死亡开始的！也更明白生命的宝贵，岁月的珍贵，活着的意义。

而今二十五岁的我，面对死亡已不再害怕，只是害怕自己浪费时间虚度自己的光阴。

有人曾问过我，希望未来做什么，使自己的生命得以延伸。那一刻我在想，总有一天，我们要离开，生命不会一直存在，死亡这件事总有一天要经历；唯一能延伸生命的意义大概就是自己的一番作为，自己的爱与善良。

放慢原来很难

最近一个北漂朋友半夜发了一条朋友圈，内容是："上帝啊，你能否把生活放慢一点？"我看完之后，感叹万分。现在，我们生活在互联网的时代，生活节奏也随之快了起来。

读书时，每天有写不完的作业，背不完的文言文与古诗，偶尔上课迟到，被老师罚在教室后墙边站了一节课（45分钟）。站在那儿，嘴里一边嘀咕着说老师坏话，一边埋怨时间过得真慢，总期待着快点下课。

如今毕了业，离开校园，才突然发现生活节奏快得能把自己淹没，每天早晨被闹铃惊醒，本想着再睡一会儿，可是现实不容许，公司老板不容许。工作日这样也就罢了，周末的时间依旧被工作取代，这一刻，你应该很难过吧！北漂的人，有不少都是这样的生活状态。

今年的三月份，我去了一趟北京。在那住了一个星期之后，才真真切切地体会到朋友的艰难。住在五六环的人，为了工作，早晨四点起来赶地铁；晚上六点半下班，很晚才到家，大部分时间都花在路上了。

朋友新，是一个北漂追梦的90后青年。他是电工，每天有接不完的活，挤不完的地铁。记得他有一段时间向我发微信抱怨，说每天吃不好，睡不好，可梦想还没实现，又不敢放弃，只能坚持下去。他说，真想过一段慢生活。每天睡到自然醒，工作自由，饭自己做，不用坐挤破头的地铁，不用挨老板的骂。这一刻，我才意识到把生活放慢，原来很难。

我发现父亲也是如此。他每天五点多起来去桥头找活干。如果幸运的话，就被人拉走干活去了。有时在桥头上转一圈实在没活，九点多的时候，就骑电动车回到院子里来。出租房院子里的每个人都像父亲一样，起早贪黑，为生计奔波着，根本不会思考生活的快慢，只有不断地前进。

很多人都有类似的情况，在节奏太快的世界里，你已不再是自己，你早已忘了每天花半个小时陪陪孩子、父母，你早已忘了阳台的花几度开放一次，你早已忘了今天是自己的生日或结婚纪念日；要不是冬天的来临，你根本不知道自己已经为工作忙碌了一年。我们的生活，原来放慢很难。

愿我们有一天摆脱生活的快，享受生活的慢，发现生活中的美。

笑脸披萨

谈起披萨,我有很多话题要讲,我在大学学习的就是食品加工技术,所以对于它的专业知识,我可以滔滔不绝地讲出很多。

记得2018年上半年,系里为我们举办了一场甜点比赛。我们班的人全部参加,至于其他班则看自己的喜爱程度,如果也想做美味的甜点,那么来参加便是了。

我们自己班里分了四个团队,我和室友们一个团队。比赛之前的头几个星期,很多同学都在准备自己的"甜点",而我和室友们依然处于迷茫中,不知准备什么样的"甜点"参赛。其实,是有一个重要的问题困扰着我们,就是钱。室友们每个月的生活费不多,除了吃饭和买其他琐碎日用品外，剩下的钱几乎就没有了。为了能用较少的钱买材料准备"甜点"，我们几个人绞尽脑汁，最后想出了一个好主意：做披萨。

制作披萨时需要的材料：高筋面、酵母粉、油、细砂糖、盐、水、番茄酱、芝士、洋葱、彩椒、苹果、火腿、胡萝卜、梨。由于我是这个团队的组长，于是这些材料由我去采购，费用在比赛结束之后再结算。材料里的面粉、油、酵母粉、细砂糖、盐以及水，这些实验室都有，而剩下的材料超市里都有卖，我抽时间买了回来。

披萨制作过程有点烦琐，将面粉制成面团后，要用擀面杖擀成厚一点儿的面皮，然后放到醒发箱醒发一小时。别人的"甜点"最多用三小时完成，而我们的"甜点"花四小时左右能完成已经就很不错了。但我们既然选择了就要坚持下去。

比赛那天，其他同学的"甜点"三小时之内已成形，像泡芙、桃酥、戚风蛋糕、海绵蛋糕……它们制作起来比披萨容易很多。然而我们团队依然在制作中……那天，面团制作成后，我们几个人商量着设计图案，最后以人的笑脸作为披萨的设计图，随后将其放入醒发箱醒发一小时。

其实，将披萨取名为笑脸披萨，蕴含着我们对生活的态度。就像我们团队中的一个成员：胖子。她在我们宿舍里是最胖的，虽然我们在宿舍里开玩笑，说她再不减肥，真的没人要了。可事实是她比我们先脱了单。她说，自信是自己给自己的，不能因为别人的嘲笑而去改变自己，总有一个人会喜欢自己的样子，她向我们证明了这一点。除了我以外，团队其他两个是可爱善良的姑娘，处处为人着想，遇见困难时，也总是笑着去面对。

这就是我的专业，我的大学生活。每天和各种各样的食品打交道，烘焙类加工、酒类加工、碳酸饮料加工、肉类加工，以及食品安全与检测。在实验室有做不完的实验，在课堂上有学不完的知识……。

而在实验室完成的每一个作品里，都有我们自己对生活的态度，就像这个笑脸披萨一样，寓意乐观向上，活泼开朗，色彩斑斓，这正是当代每个大学生该有的样子！

笑场

李诞有本书叫《笑场》,序言里有这么一句话惹得我热泪盈眶:"未曾开言我先笑场,笑场完了听我诉一诉衷肠。"

为何要热泪盈眶呢?就像最近回到就读的高中时我的心情:

"每次一回来,天气先让我笑场。

总觉得大风是迎接我回来的,让我的秀发四处飘飞。

总觉得冷空气也是迎接我的,本想出去走走看看,结果一场冷空气将我困在屋里看《追风筝的人》。

总觉得怪怪的,不知道哪儿怪,就是有点怪怪的!

总觉得人生是一场游戏,到哪儿都有人逼着你上场赌一把,你不赌上一把,没一个人愿意陪你说话。

也许人该有一次笑场,不论你笑还是别人笑,都请记得笑到最后!"

在我身上,常常会发生这样的事:前一秒安排妥当,后一秒计划全变了。

这次,我要回县城给弟弟办升学手续。于是,我买了12:53的火车票。我在家里收拾妥当,把该带的东西带上,把家里打扫完。为了赶车,我提前一个多小时多出门。令我没有想到的是计划赶不上变化。本来坐公交半小时后到车站,可路途中竟然堵了半小时的车,然后加上行程的半小时,一个多小时的时间就流逝掉了,只好到了车站将车票改签。

每次我一坐火车就碰上这样的事,本来买的是硬座票,想上车以后舒服地坐到终点站。可命运偏偏不让你舒服,车票改签后都是无座票。开始的时候,我有点难以接受,可时间一长,也就没什么大不了的。生活中的事,让我明白:有些事不会按你的期待去实现,总要经历个一波三折,很难一帆风顺。

好多事情就是这样,总不能按自己的意愿去实现。

我是会做饭的人,于是经常做饭给家里人或朋友吃。有一次,父亲说想吃油炸糕。中午的时候,我去超市买了糕面和红豆馅,回到家就开始行动起来。我把糕面用凉水制作成泥巴形状,然后醒发着。半小时过后,拿铲子把一半糕面放到锅里蒸,十分钟后再把另一半放到锅里蒸。蒸了十五分钟后，把糕面弄到案板上，两只手抹上凉水用劲拍和揉，直到面团制成。令我难过的是，无论怎么弄都无法形成面团，慢慢地就变成了黏黏糊糊的状态。那一刻，我意识到制作失败了。

父亲回来见状，便对我说："婷婷啊，这面和老家的糕面不一样，所以制作的方法也不一样。"父亲的一番话点醒了我，原来这世上的东西并非都用同样的做法，这是不同的糕面。那一瞬间，我自己笑了，笑这世上的一切总会让我长见识。

表哥常说我，头发长见识短。经历了很多事情后。慢慢地，我便不再予以反驳，不是低头认可，而是觉得应该多看书和学习，然后增长自己的知识。

所谓的笑场，就是你未开口讲话，先让你笑场，能笑到最后的人才是真正的强者。

中秋之日的惆怅

在麦场和叔叔一起收稻谷的时候，我才意识到秋天已来临，望着不远处的田野里一片又一片的黄，心里却百般惆怅。

为何惆怅呢？是即将来临的中秋节引发而来的！

在县城帮表弟办升学手续时，学校旁边的商店都在出售各种月饼，一看到月饼，我就想到一个人，她就是表姐的婆婆。

从初中开始，我一直在县城读书，周末休息时，总喜欢往在城里打工的表姐家跑，尤其是临近中秋节的时候。表姐老家也是农村的，家里靠种地为生，秋天是表姐老家最忙碌的时候。那时，表姐为了回村里帮忙，就把婆婆接到县城给孩子们做饭，自己和表姐夫一起回去收割庄稼。

从去年临近中秋节时，表姐的婆婆倒下了，突如其来的胃癌带走了这位年近花甲、和蔼可亲的老奶奶。老奶奶爱吃月饼，但从去年开始，她与月饼彻底无缘了。

记得高二上半学期时，老奶奶为了给我做馅饼吃，把手烫伤了。当时她一边擀面皮，一边包肉馅，然后擀开大饼放到电饼铛里，但在翻滚馅饼时，因电饼铛太烫，手一不小心烫伤了。站在一旁的我，感动又十分感恩，感恩她帮我圆了和"自己奶奶"在一起做饭的梦想。

在老奶奶眼里，我勤奋，懂事，去表姐家从不把自己当客人。做饭时，我也洗手过去帮忙；提水的时候我拿着水桶到院子里接水，接满之后，我再提到家里去。

现在，老奶奶不在了，爱吃月饼的婆婆走了，不会再回来。就像躺在山坡上的妈妈一样，和黄土地相守相望。没有欲望，没有哭喊打闹，只是安静地躺在家乡的土地上。

在老奶奶去世一段时间后，表姐告诉我，她婆婆曾说她非常喜欢我。我很想念她，她人善良憨厚，不怕吃苦受累，懂得心疼人。

我望着满山遍野的黄色，心里满是惆怅，这黄色像刚出炉的月饼一样，香气弥漫十里之外。我仿佛看见老婆婆在为我做馅饼。曾经的温暖再次将我拥抱。

我又想起表姐，表姐的乳腺癌在2016年就有了，虽经过治疗有所好转，可今年又复发了，不仅如此，癌细胞已经开始扩散。今年表姐大部分时间都在医院里折腾，不停地化疗，不停地掉头发……

今年中秋节表姐家里少了一个爱吃月饼的婆婆，又多了一个与命运抗争的癌症患者。

在这一刻，我为表姐的一家人感到心痛，为何命运偏偏作弄这家人呢？

我思索了很久，也没能得到一丝答案，也许没有答案便是最好的答案。

在表姐家，我看到了不幸与无奈。气管炎严重的老爷爷，无病呻吟的姐夫，有病却不能根治的表姐，三个还没来得及成长就已经长大的苦命孩子。这世间的种种百态，都逃不过命运的安排。我常常认为幸福快乐的生活才是常态，当慢慢地去体会各种各样的不幸之后，才知道人的一生中，有些悲剧是不可避免的，该面对的现实还是要面对。

表姐的三个孩子特别懂事。老大已经工作，为了减轻家里的负担，他省吃俭用，用自己的工资把贷款都还完。到了恋爱年纪，也不敢谈恋爱，因为他知道自己能力不够，母亲不停地化疗，他要攒钱给母亲治病。家里的双胞胎姐弟俩更是格外懂事，放学回到家后，一个学做饭、做家务，一个用大桶提水倒水，要照顾气喘的爷爷和上了年纪的姥爷。

就像一本书中说的，人都是在一瞬间长大的。我想，表姐的三个孩子就是在母亲病倒，奶奶的突然离世，爷爷和姥爷的身体逐渐不好的情况下长大的。其实，谁都不想长大，可是我们总是在这一瞬间长大了。

路，始终要自己一个人走

　　近来，我陷入了一个岔子口，不知向前走，还是该向后退。

　　原本打算要做很多事情，结果最后一件事也没有做。我想问问时间，我现在走到哪儿了？可是时间很忙，我见不到它。写信问吧，怕它不识字。大声喊出来吧，可惜它不在身边，显然它也听不见。

　　抬头看看灰色的天空，对自己说，要不算了……

　　是啊，一句算了，道出我此刻所有的迷茫与慌乱。

　　自从我读书那天起就知道，路，始终要一个人走。

　　如今，看过人间百态，才懂得孤独是最和自己形影不离的东西。或许，我也曾厌恶过它，可它从未厌恶过我，抛弃过我，有的只是我抛弃它而已。

当年纪越来越大，身边的朋友也越来越多，才发现真正懂我的人好像越来越少，甚至屈指可数。此刻，我想现在我经历的这个阶段，似乎也有不少人也在经历。有人说，把世间看透，其实并不好。人不能活得太明白，否则就会对生活失去热情。夜里睡不着的时候，我便会想到这些，眼泪也会不由自主地流下来，直到湿透了枕头。

其实我已经迷路了。别人都说，迷了路是一件好事，最起码在你人生当中有过这么一个阶段，不会让你在生命终结的时候，无故事可讲；或者某一天和朋友喝酒时，也不会没有谈资。

有人曾形容过我，只要瞅几眼我的面貌，便知道我是一个有故事的人。我常常也在怀疑自己，二十几岁的年纪，怎么额头上全都是沟沟壑壑的抬头纹。其实，我自己也在疑惑，找不到答案。

从小到大，因为天生的疾病，我受到世人很多异样的眼光和排挤，甚至还有伤害。每每想起这些，我的愁闷不请自来。有一段时间，我想过自杀。那时我十二岁，刚读三年级，因星期天回到家里活干得不好，而受到伯伯的辱骂，那一刻我特别难过，特别绝望，于是我想到了轻生。但最后放弃了，我想到了父亲，想到了在田地里锄着地、汗流浃背的父亲而放弃了轻生。

就像《人间失格》里一样，因为恐惧，然后到绝望，最后渴望死去。不管受到多大的伤害，都能自愈。虽然内心有时候痛得无法呼吸，但我能隐忍，还能挺住。因为我明白，人生路上都是悲喜参半，没有人能一帆风顺。

这就是人生。我终究要完成一个人的旅行，继续欣赏路边的野花，大海的宽阔，土地上的风沙，还有不断进行自身的修行。

第二辑 梦想

理科生的写作梦

有朋友问我：婷婷啊，你怎么现在去写作了？我记得你是理科生啊！

我说："为何这么问？"

对方回答道："你语文那么差，还能写作？"

我笑笑说："写作不一定要语文好，学渣也有逆袭的时候啊！"

对方又答道："你厉害！"

结束了与朋友的对话，我开始有些忐忑，当年那个语文考25分的女孩，现在能写好文章吗？

我不知道，文章能不能写好，但我知道我有梦想。

记得初一那年，我就读的三中在所有人眼里都是最差的学校，没有当地的一中、二中好，甚至还没有新成立的五中好，这里的学生在大家眼里也是最差的，包括我在内。

命运对我不薄，我一进这所学校，就被分进了尖子班。这里的尖子班就相当于一中、二中的普通班，但我从未后悔来到这里。

我的成绩在班里不是最好的，就拿语文来说，经常被语文老师在课堂上提名，因为每次考试卷上的古诗词填空我都有空白。

同桌也带着讽刺的语气对我说：真厉害，能考25分，我第一次见到语文成绩这么"高"！

由于25分的语文成绩，我慢慢地在班里变得越来越自卑、孤僻，不愿与他人交流，总以为我在他们眼里就是"学渣"。后来因科目的增多，语文成绩也就起起落落，从来没有考过高分。日子一天又一天过去，所有科目的习题越来越多，常常弄得我头痛欲裂，甚至想要去逃课放松一下。

在这种情况下，我唯一能做的就是听许嵩的歌放松自己，于是有了小小的梦想：写歌词。像许嵩写的《玫瑰花的葬礼》那么优美，希望未来自己也能做一个作词人。

我喜欢独来独往，一个人听歌，一个人坐在操场上望着蓝色的天空遐想。也许年少的我们，总是脆弱，经不起别人投来一点儿异样的目光。

高中分文理科的时候，我很纠结，不知道该学文还是学理？当时觉得文科好学，每次测验都考得可以，可由于身体协调性不好，写字总是慢半拍，因此对于文字多的卷子，我常常写不完，最后我果断选了理科，因为理科大部分都是记住公式，然后开动脑筋就可以得出答案。

只是令我没想到的是，理科比我想象中要难，物理、化学我听不懂，数学、几何空间常常让我陷入迷宫。由于学习成绩越来越下降，我变得忧郁起来。唯一能排解忧郁的方式，就是写日记，或者看言情小说。

每当看完一本言情小说，我都会发誓，以后要去当个作家，写一本言情小说。

梦想是美好的，可现实是残酷的。我只有二十岁，又是理科生，怎么能写好文章、写书呢？我的语文成绩那么差，这样的写作梦想简直是天方夜谭。

直到今年五月中旬，遇到我的恩师沉香红老师。她对我写出来的文章很是称赞。作为励志作家的她，很快发现了我的才情、我的潜能，便开始教我怎么写文章，写好文章，然后鼓励我努力成为像她一样的作家。她说，她曾经也是一个"问题"学生，被人嘲笑，被孤立，然而她没有放弃自己，一边读名家散文，一边学习写作，慢慢地开始在报纸上发表自己的文章，写畅销书，去各大学校演讲，如今喜爱自己的读者也越来越多。那个曾经满脸高原红的姑娘，现在脸上有了甜甜的笑容和骄傲的自信。恩师给我讲她这一路上的艰辛，我感动得哭了。原来优秀的人，背后都承载着普通人无法承载的痛与苦。

有一天，恩师告诉我，我的第一篇文章在杂志上发表了。那一刻我很高兴，我的努力没有白费，有梦想就一定会成真。

事实说明，理科生一样也可以写出好文章，写出自己的人生精彩。

残疾不等于残废

多年以来，我一直被身边的人视为废物，什么都做不了，只会花钱。每每听到这些话，我都对自己的命运很不甘心。为何别人可以拥有光鲜亮丽的人生，而我只能待在小小的黑黑的出租屋里呢？

也有一部分人安慰我，说残疾人有国家救济，让我别担心，也别愁苦，说国家会好好照顾我们这一类人的！

"我们这一类人"？我们到底是哪一类人？在我迷惑不解时，突然有一个人跑来插了一句：你们是残废啊！

我听完之后，便对他们吼道："我们有手有脚，能走能跑，为何在你们眼里我们就成了残废，真是可恶！"

当我对别人发泄完不满时，才发现自己好幼稚呀！现实生活中，只有小孩子不开心时，才会大吼大叫，成年人哪有这样的！成年人都是低头沉默，承载着各种风言风语，苦难与痛苦的。

随着年龄的增长，我现在越来越像一个成熟的成年人，不管前面风雨多猛烈，都会以笑面对。

因为我知道，我不是残废，我也可以有自己热爱的事业，生活费也可以自己挣出来。

大学期间，为了买新衣服穿，我打算星期天出去兼职。开始的时候，去酒店应聘，但是由于身体原因，酒店经理不敢要我，怕端盘子上菜把顾客吓跑，而和我一起去的同伴被经理留下了。

这种被拒绝后的失落感，常常在我心里激起惊涛骇浪。被拒绝后，我独自走在回去的路上，那种无助感，那种无奈，那种不甘，突然之间都爆发了，眼泪开始肆意流淌。看着街头人行道上来往匆忙的身影，柏油路上奔流不息的汽车、公交车、电车，路旁的大树上随风摇晃的树叶，我很失落，那一刻真想大声问问老天，为何要给我安排这样的命运？

幸好，我一个人走着，眼泪掉了下来，痛苦也就一点点释放出来了。

从那以后，我便不再和同伴一起找兼职，因为我知道两个人站在一起，别人就会拿来比较，而优秀的人总会先胜出。

为了挣生活费，我一个人单枪匹马去做兼职，在大街上顶着烈日发广告单，在快递公司搬运快递和分拣快递，在赛马场的食堂里洗碗拖地……

每个周末，我都会早早地起来，赶公交车，做兼职，挣60块钱、80块钱，晚上发个朋友圈，告诉别人我不是残废，我也可以像他们一样做兼职，挣生活费，买自己喜欢穿的衣服；也可以像他们一样为家里减轻负担，努力学习，拿奖学金……

既然天生的疾病是改变不了的，为何要看世俗的眼光生活呢？倒不如励志地活着！

渐渐地，我变成了别人眼中的励志人物，不会因为自己是残疾人而埋怨社会的不公，不会因为做不了的事情而否定自己；开始活得像一棵小草一样，不管风雨多么飘摇，依旧昂首挺胸，虽默默无闻，却无比坚强。

背井离乡，只为了心中的执着

  2016年的冬天，因加入吉他社的缘故，经由社长的介绍，我与热爱民谣的吉他手薛老师相识了。从未接触过真正吉他手老师的我，那一刻倍感幸福。就这样，我怀着对音乐的一腔热情，加入了薛老师的吉他班。

  薛老师是我所在的隔壁学校的音乐老师，那年他23岁。他留着长长的头发，给我们上课时，一头乌黑的披肩发显得飘逸潇洒。教我们识谱的时候，他从椅子上站起来，转身背对我们，在小黑板上写C，D，Am，Em……一些简单的和弦，他边写边讲，教我们如何弹，如何弹出好听的声音。

  我听着听着就入迷了，望着老师披下来的长发，我不由得把老师想象成长发飘逸的美女，那婀娜多姿的身材背对我们，好迷人啊！我想着想着，便笑出声来，这时吉他班的所有学员全都朝我看过来，连薛老师也突然转身看向我，那一刹那，我既尴尬又紧张，不知该说些什么好！

　　为了转移他们的注意力，我说了一句："老师，我想听您唱朴树的《平凡之路》。"

　　"好啊，我弹唱给你们听！"薛老师嘴角上扬微笑着对我们说。

　　于是，薛老师拿起地上的吉他，坐到椅子上，兴致勃勃地弹唱起了《平凡之路》。

　　　　徘徊着的　在路上的
　　　　你要走吗　Via Via
　　　　易碎的　骄傲着
　　　　那也曾是我的模样
　　　　沸腾着的　不安着的
　　　　你要去哪　Via Via
　　　　谜一样的　沉默着的
　　　　故事你真的在听吗
　　　　我曾经跨过山和大海
　　　　也穿过人山人海
　　　　我曾经拥有着的一切
　　　　转眼都飘散如烟

我曾经失落失望失掉所有方向

　　直到看见平凡才是唯一的答案

　　……

　　随着薛老师的弹唱，吉他班所有的学员也跟着薛老师唱了起来，我笨拙地弹着简单的和弦，幸福地唱着这首喜爱的歌曲。

　　但幸福的时刻总是短暂，我因家里的条件不好，为了学吉他，一个月的生活费不得不减掉了一半，我的校园生活质量随之越来越差，不敢吃水果，不敢买零食，不敢买新衣服穿，连饭菜也逐渐变少了，从刚开始的三个菜变成一个菜。室友都开始同情我，说我为了梦想，不要身体了。那时，他们不知道我是真的热爱音乐，真的想学吉他。可学吉他的费用我交不起，最后，我犹豫了，决定不学了。与梦想相比，身体健康更重要。

　　有一天，我就去找了薛老师，想和他说一说我内心的真实想法。

　　那天，老师正在教室里弹唱许巍的《蓝莲花》，我走进教室，听着老师唱这首歌，眼里不知不觉湿润了起来，原来这就是音乐的力量，让热爱它的人不由得感动。

　　老师见我来了，于是停了下来，向我招手，让我过去。我顺着老师示意的方向走去，缓缓地在老师旁边的椅子上坐下。

老师关心地问我:"婷婷啊,怎么啦?今天也不是学吉他的时间。"

我结结巴巴地说道:"老师,我,我,我不学吉他了,因为我的生活费不够交学费。"

老师心平气和地回答道:"婷婷啊,我懂你的难处,如果实在困难,那就按自己的想法去做吧!我不怪你!梦想不是所有人都能坚持下去的!我曾经也和你一样,为了梦想吃了不少的苦。"

听完老师的话,我的眼泪刷刷地流了下来。老师为了安慰我,给我讲了他的故事。

他说,他十八岁的时候,因为热爱音乐,想要学吉他,但父母不允许他这样做。说他小小年纪不学好,整天瞎折腾,学业也荒废了。后来他为了自己的音乐梦想,离家出走了。从贫困的小山村来到现在这座城市,认识了一位热爱音乐的老师,拜师学艺,一边打工一边学吉他。如今五六年过去了,他仍租着一个月六百块钱的房子,办自己的吉他班,招一些热爱音乐的孩子,在这片土地上播撒他梦想的种子。

他说,唯一遗憾的是,五年了都没敢回去看看父母,因为害怕,所以迟迟不敢返乡。

最后他又说了一句让我心疼他的话:追逐了梦想,却弄丢了父母对我的疼爱。

是啊，有多少人都如此，甘愿背井离乡，也要去追逐心中那份执着与梦想。或许是梦想的力量，让一个人变得不平凡，也让他失去很多。

在我放弃这份热爱的时候，薛老师给了我一份美好的告别。他说，他即将在学校图书馆举办演唱会，需要一首歌词，希望我能帮他写，给我的奖励是一把吉他。

我带着遗憾答应了老师的请求，帮他写了一首歌词，然后拿着那把珍贵的吉他，继续我的学业。

就这样，我们因对音乐的热爱而相聚在一起，又因现实的残酷而痛苦地分别。

三年过去了，他依旧坚持他的梦想，开着吉他班，继续招收一些热爱音乐的孩子，传递他对音乐的热爱，对民谣的热爱。他把原来的长发剪了，成了一个稳重成熟的吉他老师。

我相信，只要坚持，总能开出花来！

日落之时，请再笑一笑

我有一位好姑姑，她总是默默奉献着自己，总是替别人着想，总是把最好的留给别人，总是在夜里才敢流泪，总是把自己的脆弱藏得密不透风。

她在生活中扮演我的"母亲"，总是在我最艰难的时候伸出那双粗糙的手，摸着我的头，一边给予我温暖，一边安慰我说："没什么，还有我在呢！"

记得小时候，她为了给我洗澡，从她的家里走五里路，翻越两座大山，再走五里路，然后到我家烧水，开始给我洗澡。那时，母亲常常犯病，父亲外出打工，爷爷已离世，我成了无人看管的孩子。而她为了照顾我，从早上五点起来安排好家里一切，然后不辞辛苦赶到我家，给我和母亲洗衣服，给我烧水洗澡，做各种各样的家务；之后，她要在太阳下山之时准备好我们娘俩的饭，然后再返回去照顾她的孩子和丈夫。她的小儿子和我差不了几岁，那年我五岁，她小儿子十二岁。她为了照顾我，常常丢下小儿子不管。这样的日子持续了三四年。

后来，由于家里的孩子多，两个要读书，一个要成家立业，负担实在太重了。两口子只能带着孩子到城市里打工，解决生计问题。

2007年端午节前一个月里，她的大儿子因开车太快而出了车祸，经一个月救治无效，去世了。那一个月中，她暴瘦了二十多斤。为了照顾儿子，她白天晚上都在医院里度过，吃不好，睡不好，而她的丈夫则四处借钱给儿子治疗。端午节过后，大儿子走了，一句话也没有留，就那样安静地走了，留下的只有白发人送黑发人的悲伤，以及负债累累。

那一年她四十四岁，三个孩子的母亲。儿子去世后，她比原来苍老了许多。

那年的下半年，我几乎没有看见她笑过。她总是一副死气沉沉的样子，让人看了心疼。对于旁人来说，事情已经发生了，能做的就是面对。但经历的人，是不可能一下子缓过来的。

每次一看到脸上毫无表情的她，我就会想到小时候，她来我家帮忙做完家务之后，我与她在夕阳余晖中微笑挥手道别的场景。那场景我至今都忘不了。

我上了大学之后，我和父亲也来到她所在的城市，并且住在了她家前面的院子里。刚来那会儿，我家啥也没有，都是她救济我们的，做饭的炊具勺子、擀面杖、大盆子、焖米饭的锅、水桶……都是她给我们的。父亲是她的弟弟，所以她常常把家里好吃的、好用的都给我们送过来。在我读书期间，我住校不回家，父亲常常在她家吃饭。听父亲说，她觉得我不在时，父亲一个人在家吃不好，所以她让父亲过去吃她做的饭菜，不会导致营养跟不上，不会孤单。

除了父亲这么一个弟弟，她还有一个弟弟和一个妹妹，都在附近住。于是她常常把孩子们带回来的蔬菜与水果，或者肉，拿出一多半给她的弟弟妹妹送过去。就因为这样，她丈夫常常和她生气，甚至有时候还和她吵架。她受了委屈，也不和弟弟妹妹说，一个人承受着。她为家庭任劳任怨，处处替别人着想，舍己为人，不求任何回报。

今年我生病了，后来她也生病了。她因以前常年干活，导致腰间盘突出。其实这病能做手术治好，但是最近几年家里过得不好，也没有钱做手术。

为了不拖累孩子们，她一直撑着，坚强地挺着。不仅如此，她还要用自己微薄的力量去帮儿子带孩子。今年这大半年里，她不辞辛苦地照顾孙子、丈夫，以及其他的亲戚；还要为小儿子的婚姻问题操心，为我的未来操心。一直以来，她吃的苦最多，享的福最少，一直慈母一样默默奉献着。

从二月份开始，我便住进了医院，父亲和她，还有两个姑父常常去医院轮流照顾我。让我感动的是，她生着病，依旧不顾劳累地去医院照顾我，为我做爱吃的饭菜，给我送换洗的衣服。当我被病魔折磨得快要哭出来的时候，她坐在病床边，握着我的手，温柔地对我说道："孩子，想哭就哭出来吧，我们都在你身边呢！"

在她的身上，我看到很多高贵的品质。伟大的母爱，本质的善良，平凡人的不平凡……我庆幸身边有她这样的人存在，教会我生活，教会我做人的道理。我特别敬佩她，那么多苦难都没有打倒她，也没有让她对命运屈服。

在她的身上，我学到了很多。是她让我懂得对不幸的命运，要学会抵抗到底；是她让我懂得，做人要诚实善良；也是她让我懂得，无论什么时候都试着去理解别人，理解别人的不容易，然后以平常心对待生活。

在别人眼里，她就是一个普通的女人，平凡的女人，但她身上却经历了别人无法体会到的伤痛，有别人无法做到的隐忍与坚强。

我感谢命运，能让我和她成为亲人，成为"母女"，一生相陪伴。

此刻，我祝愿她在接下来的日子里如当年与我道别时一样，甜蜜地笑着，笑着面对她的伤痛，还有她以后的生活。

隐形的翅膀

随着初秋的到来，秋雨带着寒意来了。我怕这刺骨的凉意，也怕秋雨整日整夜地下，三天三夜地下，甚至一周地下。也许是生病的缘故，导致我什么都怕。

想起去年这个时候，我还在学校，还在与班里的学习委员蕾为争夺国家励志奖学金而计算学分。

所谓进入大学就是进入半个社会，这里发生的事该以平常心对待。但唯独这个叫蕾的姑娘，偏偏不能让我以平常心对待。也许这是人的一种嫉妒心理吧！

蕾，她是我们班的学习委员，班里大大小小的事，都是她操劳。在班里，她坐我的后面，为了常观察她，我便天天转头看向她，看向她与同桌嬉闹的画面。时间一长，我才发现，她也不是那么不好相处，只是有点慢热而已。

开始的时候，知道她也来自单亲家庭，所以格外地关注她。认识久了，才知道她的性格和她的经历有关。其实，没有人愿意做一个冷冰冰的人，只是经历所致而已。

后来，我们成为了朋友。我与她成为朋友真正原因是，我写了一篇关于她的文章，为了多了解她一点，我像个记者似的，先发给她看，然后采访她，问问她有什么地方不妥，是不是哪些东西触碰了她的底线。只是没想到我的这一次主动，却了解到了一个让人伤感的故事。突然很心疼蕾，原来这个故事里的主角，和我一样，都是在一瞬间长大的。

幼年时，蕾同大多数人一样，有一个幸福快乐的家庭，妈妈爱着，爸爸宠着，爷爷、姥姥、舅舅们也都对她宠爱有加。在她的记忆里，妈妈是个善良美丽的女子，在家一直是贤妻良母的角色。爸爸勤劳持家，只是平常日子里爱喝点小酒，烟瘾有点大，从早晨一睁眼就抽到深夜入睡时。

有一天放学回家后，她发现妈妈同爸爸吵架了，吵得还特别凶，妈妈因受不了气，说是要去姥姥家，再也不回来了。蕾看着这画面害怕极了，她忙慌着去找爷爷来劝爸爸妈妈，只是令她没有想到的是，爷爷来了之后把妈妈臭骂一顿，说妈妈哪哪都不好。妈妈一气之下，去了姥姥家，临走之前说再也不回来了。

日子就这样过了很久，突然有一天，妈妈回来了，说是想念蕾了。只是蕾发现，妈妈已不如从前那么乐观，在家里与爸爸不说话，与爷爷也变得越来越冷漠，老是在她面前说一些去死呀之类的丧气话，把她吓得直啰嗦。这样的日子在蕾的小学时光里持续了三年，直到她念中学第二年才结束。

蕾说，这次结束是真正的结束。爸爸妈妈在她不在时，因家里的鸡毛蒜皮小事又吵了起来，妈妈气性大，受不了这样的折磨，就持刀自杀了。当时爸爸吓坏了，最后在街坊邻居帮助下，把妈妈送去了医院抢救。还好，因送去得及时，妈妈被抢救过来了。蕾知道时，已经是两天以后的事了。

读初中的她，第一次经历这样的事。在医院照顾妈妈时，她发现妈妈脸色苍白，身体虚弱，看起来再不如以前精神，心态变得更悲观。蕾看着妈妈的样子，痛苦极了。

突然有一天，爷爷来医院看望妈妈，在病房里，因谈家里的事，慢慢的双方语气越来越激烈。后来不知怎么搞的，爷爷开始与妈妈吵了起来，妈妈因受了气，瞬间喘不上气来，蕾看见后忙着去叫医生，等医生再次回到病房时，爷爷已经走了，妈妈躺在病床上一动不动。经医生检查，妈妈已经过世了，永远离开了蕾，永远离开了这个世界。那年蕾十四岁，第一次面对死亡。

接下来，蕾的日子过得一点儿也不好，学校也不去了，在家里每天看着妈妈的相片，一直哭。

在她同我聊这些的时候，我问蕾："你恨爸爸他们吗？"

蕾却心平气和地回答我:"不恨,因为恨也没有用。"接着又说:"他们也是爱我的,只是他们与妈妈不在一个观念里活着,总是会因为一点琐事而吵架,也许是命运吧!"

后来,她又同我讲了姥姥得病那段故事。她说,妈妈离开后不久,姥姥得了癌症,到医院检查,医生说已经是晚期了。我想,这件事对蕾又是一个不小的打击。但蕾说,事情已经发生,逃避也没有用,除了面对,其他别无选择。

是啊,除了面对,别无选择。人啊,总要经历一些事,才能懂得世间的苦。

时间长了,我对蕾的了解越深,越觉得她很坚强,也读懂了她性格。我想,她能从绝望中再找到希望,是一件多么不容易的事。想到她同我为一份奖学金争得不可开交的场面,再同我成为知心朋友的心情,我突然觉得,一个人的包容性原来可以很大很大!

她身上似乎有一对隐形的翅膀带着她飞翔。就像歌手张韶涵那首《隐形的翅膀》里所表达的一样,坚强、好胜、乐观,对现实的残酷不害怕、不绝望。

我想,无论此刻她是在北漂,还是在做其他的事,相信她总能做得如鱼得水,总会把自己活成自己喜欢的样子。

愿自己对即将发生的一切,和已经发生的一切不再害怕,不再恐惧,能像蕾一样,坚强地活着。

好运设计

要是今生遗憾太多，在背运的当儿，尤其在背运之后情绪渐渐平静了或麻木了，不妨独自待一会儿，盯着天空，想一想来世。

你不妨试一试！

在背运的时候，至少我觉得这不失为一剂良药——既可以安神，可以振奋，就像输惯了的赌徒把屡屡的败绩置于脑后，还是对下一局存着好奇和冲动。

诚实地说，这没有什么不好。不如，你就迷信它一回。无论它是空想，是自欺，还是做梦。

我从来是不迷信的，自从生了一场病，我开始疑神疑鬼，因为无法忍受的痛始终折磨我的肉体，我的神经。于是，我开始设想来世。

我想，倘有来世，我先要占住几项先天的优势：聪明、漂亮和一副好身材。命运从一开始就不公平，人一生下来就有走运和不走运的。譬如说我天生的疾病，还有其他的缺点，这时候我难道该抱怨吗？

不能，因为抱怨也没用。如果抱怨有用，我此刻就不会再生病了。

今生就不去想它了，只盼下辈子能够谨慎投胎，有健壮优美如傅园慧的身材与体质，有漂亮活泼如谢娜的相貌和性格，有聪明智慧如阿尔伯特·爱因斯坦一般的大脑。

如果这是梦想，我就梦想一回，反正都是空想。既然是梦想，不如如醉如痴地梦想下去。

出生在什么地方，也是一件相当重要的事。二十五年前，我出生在穷乡僻壤，那里除了几座大山，就是深深浅浅的山沟。在那个贫苦的村子里，那时还没有电，烧火拉风箱，照明就点煤油灯，用水就去村街上的大井口担水回去。

那时候，这些活，我都干过。

记得第一次担水，是为了洗堆成山的衣服。那时，大人们都去田地里干活去了，只剩下我一个人在家，为了解决用水的问题，我勇敢地拿起长长的扁担放在肩膀上，然后用扁担上的勾勾把两个大水桶勾上，就向村街上跑去。最难的是挑水的时候，肩膀被压得生疼生疼，由于我幼小，一时支撑不住那两桶水的重量，结果一左一右地摇晃，一不小心就会摔跟头，弄得满身都是伤；可气的是，桶里的水洒了一地，最后还得从水里爬起来，再去井口把水拎上来，倒入水桶，并花力气担起来，向家的方向一颠一颠地走去……

在梦里，我常想，如果有来世，一定要有自己的房间，房间里有一张大床，床上堆满了各种各样的洋娃娃，我天天睡在大床上，妈妈爱着，爸爸宠着，每天幸福快乐地享受生活。

在那个世界里的我，不懂什么是贫苦的日子，不懂煤油灯是什么东西，更不懂山沟里有什么。吃得最好，穿得最好，玩得最好，事业有成，爱情甜蜜。成长路上没有歧视，没有无助，没有孤独，没有迷茫，一切都那么一帆风顺，然后幸福地老去。

如果来世就这样安排，我会比现在更快乐吗？

我想，不会更快乐，反而更悲伤。因为没有波澜壮阔的人生，还算是人生吗？我想，这样的好运设计该结束了。

尽管现在的我，从出生到现在，经历了清贫、疾病折磨，经历了无助、歧视、无奈，生无可恋、甚至绝望地想死。可是，这才是真正的人生。有痛有泪，一切看起来一点都不那么完美。但是，这人生路上，我学会了勇敢，学会了从容淡定，学会了热爱生命、热爱生活，也学会了坚强地活着。正如罗曼·罗兰所说：看清了这个世界，而后爱它。

生活就是这样，痛的痒的，悲的欢的，背运的走运的，经历了一遍又一遍，最后还得热爱它，走向生命的终点。

遇见她，我抚平了所有的伤痛

认识她时，她已是名气很大的作家了，而我只是一个处于迷茫中的路人。

我们认识的方式很简单，我在简书推荐里看到了一篇她的文章《我创作的根扎在了农村》。当时，我出于好奇，就点开读了，看完后，感受颇深。从来没有想过，一个农村女孩为了自己的作家梦，一直在不懈努力。文章特别感染我。那一刻，我添加了她简书上面留下的微信号，也看了她开设的写作班的招生简章。

令我没有想到的是，她很快同意了我的好友验证，然后我报名参加了她的写作班，那时刚好是母亲节前两天。当时，我没想那么多，只知道我需要一些正能量来拯救自己，拯救处于水深火热之中的自己。

那会儿，我刚在北京中日友好医院做完脑瘫手术，新得的病也没有找到病因，心情简直坏透了。

回到家之后，整天都在胡思乱想，只要想到没找到病因的病，我便会想到死，随之而来的是害怕和恐惧。

而我那时唯一排解郁闷的方式就是写写文章，看看文章，在文字里找寄托。刚好她的文字拯救了我。她就是陕西省青年作家——沉香红。

读书的时候，我有一颗当作家的梦，但那时能力不够，水平不高，文字功底特别差，又不爱学习语文，对于实现梦想，除了爱看文学作品，其他的一点行动都没有。而香红老师，听了我讲的故事，特别感动，她说，她可以帮我实现梦想，只要从现在开始跟着她认真学习写作，梦想有一天总会成真。

她的鼓励，给了我莫大的自信。在那段迷茫的日子里，我有了目标，有了向前走的动力。

香红老师，是一位励志的作家，就像她所经历的事，以及为梦想付出的努力，不是每个人都能做到的。看完她的那本《做自己的豪门》，书中字里行间充满着满满的正能量，尤其她的那段非洲之行，特别打动人，特别鼓舞人心。也许我不是真正懂她的读者，但确实是最特殊的一位读者兼写作学员。

七月份，我瞒着家里人，拿着看完病之后剩下的零花钱，坐了十五小时硬座的绿色火车，去了她所在的城市，参加她举办的线下写作学习班。从来都没有想过，自己那么大胆，那么勇敢，竟然为了从未谋面的一个人，独自去赴约。

在线下学习班中，我生平第一次见到很多大咖，有杂志社的编辑，还有一群待我十分友好的文学爱好者。记得当时，香红老师拿着鲜花，在酒店门口热情地迎接我们到来。她把鲜花送到我手里，然后热情地拥抱了我。在她的臂弯中，我感受到的不仅是书本中字里行间流露出的力量，还有热情蓬勃的生命力。

记得见面的时候，我让她大吃一惊。她从未想过我会是那副模样，说话咬字不清，脸上表情阴郁，走起路来左歪右倒。在后来的学习中，她对我百般照顾，无论在生活上，还是精神上，她都关爱有加，让我不得不感动，不得不爱慕她。

原来努力的人，身上满满的都是自信的魅力。

在学习过程中，我第一次亲耳听到香红老师讲的自身经历。30岁的她，是一个要照顾6岁孩子的单亲妈妈，每天照顾孩子，晚上给写作班学员们上课，上完课之后，还得创作。除了这些，有时候还要去各地的学校演讲，或参加签书会，常常忙得不可开交。我从来没有想过，她竟可以爆发出似火山一样的力量。这使我敬佩不已，惊叹不已。

一想到她送我去地铁的路上，遭遇大雨倾盆的情景，我便泪流满面。当时，从酒店出发的时候，晴空万里；刚走到一半的路程，天空已乌云密布，大雨倾盆，路两旁的树都被大风刮倒。我们坐在车里，看着车窗外的一切，便不再前行。

在那一小时里，路上积水成渊，大雨滂沱。向前走，危险无比；向后退，已无路可走。那一刻，我们只能停留在那儿，等待雨停下来，等待彩虹出来。

她对我说，是三毛的文学力量让她变得坚强无比；是安哥拉那片土地锻炼了她，让她对未来的风雨无所畏惧。

我们每个人都有自己的精神支柱，香红老师以三毛为精神支柱，而我们呢？

我想，此刻我的精神支柱是香红老师，是她对文学的一腔热血，让我着迷不已。

在西安一周学习的时间里，我倍感幸福。那里，有我所热爱的文学；那里，有带我走上文学路的老师；那里，也是我带着梦想勇敢起航的地方。

感谢香红老师一路上对我的支持与鼓励，愿我们的文学之路走得越来越宽阔，越来越平坦！

如果有钱，我要用来治病

最近，因身体不适，于是就和父亲商量着等国庆过后，去拍片做检查，继续治病。

我知道，治病意味着希望，可唯一让我头疼的还是钱的问题。对于我们这样贫苦的人家来说，最好别得病，得了病有时候也没有钱治。

今年，父亲特别辛苦，为了挣钱，四处找活做，最后都因没有技术而去干体力活。以往在城市里，体力活是不多的，一年里最多能干个四五个月。今年，父亲干的活不多，从四月份我出院以后开始，一共也没有干满三个月的活，挣的钱也没有以往多。父亲只要一想到冬天我还要去治病，心情就低落了许多，然后就不断地抽烟。其实，别说是父亲了，我只要想到上半年在医院里的花销，头就大了。

假如我现在手里有个一二百万，我一定拿着钱去大医院治病，也让爸爸姑姑他们一起去治病，让我们都有一个健康的身体，每天活得开开心心的！要是最后治好病，还剩下很多的钱，我就把它捐了，捐给村里的老人和不能读书的小孩，让他们能生活得好一些。

记得在我十七八岁的时候，一放寒暑假就回到村里。那时候，住在我们家隔壁的老奶奶，经常生病，她一人居住，儿女们都在城市里。有一天，我去老奶奶的院子里寻小鸡回家喂食，顺便也进去瞧一瞧老奶奶。我推门而入，只见地上的鞋子摆放得十分整齐，大红柜子上干干净净，只有灶台上餐具凌乱不堪，躺在炕上的老奶奶紧闭着双眼，嘴里的喘气声沉闷得吓人。我忙着冲出去，隔着墙呼喊父亲，让他过来看看。

不大一会儿，父亲过来了，走到炕沿边伸手摸着老奶奶的额头，摸了几下之后，便对我说："婷婷啊，奶奶发烧了，你现在赶紧回咱们家取点儿退烧药。"我听完父亲对我说的话，慌忙地向家里跑去。

这位隔壁老奶奶，家境也不是很好，有钱的时候，都把钱给了她的孩子们，自己一分也不留。在家里，自己生病了就扛着，很少喝药吃补品。

记得老奶奶曾说过一句话，让我一直记忆深刻，她说：

"如果现在我把我所有的钱都给了孩子们,他们就会过得幸福,我也就幸福了。"

我想,也许这就是天下父母眼中的幸福,孩子过得好,他们就觉得快乐和幸福。

假如现在我有很多钱,我就去治病,身体好了,我就可以过得好一点,这样父亲就不会那么辛苦,心情也不会那么低落。

就像歌手毛不易在参加综艺《明日之子》时,在第一期唱的那首自创的《如果有一天我变得很有钱》一样,把我的希望都唱了出来。

我想,未来我除了拼命努力改变自己,还得继续好好活着。

因为活着,其实也是一种幸福,就像有钱一样,可以用来治病。

让时光慢些吧

前不久,隔壁院子里的老爷爷去世了。

记得两年前,刚来这里的时候,老爷爷还经常出来走动。他常常驼着背从院子里走出来,再向旁边的早市走去。那里人流密集,有的人在做自己的小本生意,有的人是出来闲逛的。老爷爷喜欢到那里溜达,只因那里热闹。

那时候,我很少在家里住,基本上都住在学校里,只有星期天回来看看。每次一回来,便会看到老爷爷在院子旁边的小巷子里来回走,我走过去问他要去哪里,他说想去人多、热闹的地方。

在城市,人多热闹的地方是星期天的商场,或晚上的夜市。

我跟老爷爷说，想要去人多的地方就去乡下吧，那里的老人多，大家经常围坐在一起，晒着太阳，聊聊国家大事，聊聊未来的发展，聊聊自己的命运。我说，这才是老年人的生活。可老爷爷说，他生在这里，长在这里，根本没去过乡下。到了晚年，因老伴的离开，他觉得自己越来越独孤了，而以前的朋友有的早已离开人世，有的也疾病缠身。

老爷爷渴望有人陪，渴望去人多的地方寻找热闹。可现在，老爷爷走了。时间过得真快，我还没来得及和老爷爷说再见，老爷爷就走了。

年少时，我们总不觉得时间过得快。每天听到铃声起床，踩着铃声上课，一天八节课。现在一眨眼，一天就过去了；倏地，一年就过去了。从来没发觉时光过得如此快，这是第一次。

然而，看着老人们一个个离开人世，父母的头发白了，同龄人们已成家立业，我突然慌了……我还没准备好迎接这一切，他们都来了；我还没能力报答父母，他们就老了。时光啊，你走得真快！我何时才能赶上你的步伐……

或许我的腿长得长一些，或不麻木、不沉重，才有机会追上时光吧，才有机会做一些力所能及的事回报父母的养育之恩吧！

有人告诉我，你才二十五岁，着啥急啊！

是啊，我着啥急。该发生的都发生了，不该发生的也发生了，只有以平常心面对这一切。

我现在能做的，就是好好努力，让时光慢些，让自己变得越来越好，然后快乐地生活。

再见，灿烂的忧伤

九月，我谈了快两个月的恋爱，随着黄叶的飘落和秋雨的来临，结束了。

2019年对于我来说，是特殊的一年。生病，毕业，追梦，恋爱……这九个月以来，我把该经历的和不该经历的，都一一经历了。

分手那天，我没有哭，因为我知道不是我不好，而是现实太残酷，家庭条件虽然一般的对方父母，也害怕自己的儿子跟着我吃苦。那一刻，我懂了，我想最好的结果就是分开。

关于爱情，我从未奢求过什么，只是希望有一个人可以把我像孩子一样宠着。后来，我才真正明白，除了父母可以把成年的我当孩子宠着，好像再无其他人能这样做。

我从屋里放眼望向窗外，外面的世界似乎很精彩、很美妙：天空一片蔚蓝，树叶摇摆，炊烟袅袅。但与几个月前相比，似乎大不一样：那时候，我害怕独孤，总是不停地一个接着一个寻找倾诉对象，朋友、同学，还有家人。当遇见爱情的时候，我以为我真的可以拥有幸福，但直到经历以后才明白，幸福是自己争取的，而不是别人给的。

经历了这么多的我，曾害怕过，恐慌过，迷茫过，甚至失望过，唯独还没有绝望。幸好，我还没有绝望，还可以有一个好心态继续生活。

我的病还没找到病因，在别人看来，似乎有点悲伤、可是我只能笑着面对。

接下来的日子秋雨连绵，我整整在家待了半个多月，不敢出门，不敢劳累，不敢与别人对话。窗外的雨一直下，我身上的麻木与沉重也一直不减，在地上站久了，左腿麻木又沉重，洗个锅拖个地，胳膊时常麻木无力，我以为我快要不行了，全身上下没一处是舒服的，实在是煎熬啊！

生活，煎熬啊！

就像去年那个有校园暴力倾向的电影《悲伤逆流成河》一样，主角易遥被同学欺凌、歧视，被妈妈天天怒骂，因妈妈的缘故得了艾滋病，最后连自己暗恋的齐铭也嫌弃自己。故事最后，易遥当着所有人的面跑向大河，跳入大河，除了顾森西救她，别人只是在河边旁观。想到平凡的易遥，在青涩的年纪就要经历这些，就要拼尽全力反抗这些，我的心也跟着疼了起来。

说实话，我刚上学的那会儿，和易遥一样被同学欺凌，被别人歧视，如今想起来，必须释怀，必须看开。

此刻，要把过去的一切看淡。不计较过去，不强求所谓的幸福，就会觉得人生没什么大不了的。

树上的黄叶落了，但天空依旧蔚蓝，我要和我灿烂的忧伤说再见了，希望从今天开始，我是一个明朗的孩子，有一个明朗的未来……

再见！灿烂的忧伤……

第三辑 情感

暗恋

三年前,一个女孩爱上一个男孩。那年女孩十八岁,男孩十九岁。他们刚好高中毕业。

高考结束没几天,女孩为了能接近男孩一点儿,四处打听男孩的微信,通过一位同学的帮助,女孩终于知道对方的微信,之后女孩便添加了男孩的微信。当看到男孩同意了自己的好友验证,女孩开心地在自己家的绿色麦田里跳了起来。

在学校的时候,他们不在同一个班,但在一个年级。女孩为了接近自己喜欢的人,做了很多的努力,例如让熟知的同学介绍他们互相认识。

记得某天,男孩同意了女孩的QQ好友申请,女孩开心得一个晚上没有睡觉。后来两个人聊过清晨的太阳、课堂上的小笑话、晚上夜空中的星星，还有未来……或许，少女暗恋的时候，都是整日整夜心烫得睡不着觉吧！

在这场懵懂的暗恋中，女孩是最主动的，她只知道这个男孩是自己喜欢的，从来不考虑男孩什么感受，一聊起天来，女孩对男孩好像有永远讲不完的话。

填志愿的那天，女孩问男孩去哪里读大学，男孩说，去遥远的地方。"遥远的地方是哪儿呀？"女孩心里想了又想，后来才知道，是没有女孩的地方。

后来，女孩去了离家最近的大学，而男孩去了自己理想的大学。

女孩进入了大学，依旧对心里喜欢的人念念不忘。为了了却心愿，她再次大胆地在微信上与男孩聊天。男孩一开始没有拒绝，女孩说自己学校里遇见的新鲜事，而男孩也对女孩讲自己学校里的事。从那以后，女孩开始慢慢地试探男孩，问男孩是否有自己心仪已久的女孩子；或者问男孩喜欢什么样的女孩子；是高个子的，还是中等的；是漂亮的，还是普普通通一些就好。女孩一直试探着，男孩回答了很多，只是似乎没一点是女孩身上的……

这样的时光持续了一年多，虽然女孩常常怀疑自己，但和男孩依旧在微信上聊得很好，谈天说地、谈人生。在很多人眼里，都以为他们是情侣，以为他们谈异地恋，包括女孩自己都这么认为。

直到有一天，女孩大胆对男孩说出了自己的心意，以为男孩会接受自己，令女孩没有想到的是，男孩花了十五分钟时间才回复了"对不起"三个字。

女孩看到"对不起"三个字以后，躺在床上蒙着被子，哭了，直到泪湿了枕头，直到眼里再无泪水流出。女孩最后手颤抖着回复了男孩一句话：祝你幸福。

多年以后，回想当年的暗恋，女孩才发现那时的自己很勇敢，为了爱，放下面子，放下姿态，总是那么主动地接近对方，尽管最后结果不如自己的意，但最起码自己勇敢地爱过。

仰望幸福

近几年，曾一起长大的同龄小伙伴们陆续开始恋爱、结婚、生娃，每次看着他们在朋友圈晒的甜蜜照片和脸上幸福的样子，那一刻，我羡慕极了。

记得年少时，他们读书读到一半就辍学了，原因大多是家里负担重。为了减轻家里的负担，他们辍学之后都外出打工了。

还好，我比他们读书晚，他们小学毕业的时候，我才三四年级；他们外出打工，我还在学习。也许是命运不舍得我过早进入社会，吃社会里的一切苦头。

等他们陆续在外面打拼几年后，不但给家里减轻了一些负担，有时候还能寄钱给父母回家呢！每每放假回村里，我便能听到他们的父母在村里向所有人夸耀自己孩子寄钱回来的这份孝心，那时候我是既羡慕又嫉妒。

本来一起长大的，为何他们能孝敬父母，为家里减轻负担，而我还依旧是父母沉重的负担呢？我问了自己无数次，最终还是没有答案。那时我想，在现阶段，还是好好学习吧！孝敬父母的机会以后多得是！

如今，我已大学毕业，他们结婚的结婚，生娃的生娃。每当他们打电话给我，通知我参加他们婚礼的消息时，我开心极了！不仅为他们结婚开心，也为他们终于有了自己的归宿而开心。

其实，我不知道自己未来会和什么样的人在一起，但我期待有一个善良的他出现就够了，其他的就靠命运安排吧！

我想此刻有很多人，和我一样在期待幸福的到来。虽然它不会太快的到来，但要也要笑着仰望幸福，

因为我相信，那些朋友圈里晒出来的甜蜜结婚照，有一天我们也会如期晒出来，和那个特别爱自己的人幸福地笑着迎接未来。

一生只够爱一个人

  从前的日色变得慢
  车，马，邮件都慢
  一生只够爱一个人
  从前的锁也好看
  钥匙精美有样子
  你锁了，人家就懂了

——木心《从前慢》

  在微博上看到木心的诗《从前慢》，不由得想起小学时遇见的一对老人，和他们之间的爱情故事。

  那会儿我四年级，有爱吃辣条和方便面的嗜好以及经常赊账的习惯，经常到学校旁边的小卖部赊辣条。小卖部的主人是一对快七十岁的老夫妇。这对老人没有儿女，为了维持生活，夫妻俩开了这家小卖部。这是我后来知道的。

记得有个周末，我从家里拿了零花钱，准备去小卖部还清以前所有的赊账。那天，我把书包放到宿舍，然后就去了老人家里。当时正是中午，老爷爷和老奶奶正吃着凉菜拌莜面的午饭。我本想把钱还清，就回宿舍泡方便面吃，可这老爷爷老奶奶非要留我在家里吃饭。老奶奶拿了一个碗一双筷子给我，顺便给我弄了凉菜汤和莜面，边弄边说："孩子啊，吃吧，多吃点，不要老是尽吃辣条和方便面！""嗯"，我脸红着回应道。

由于经常过来赊东西吃，所以老爷爷老奶奶对我格外熟悉。便和老奶奶聊起天来。我问，你们的孩子哪去了？老爷爷难过地说："就一个女儿，她出车祸去世了"。那一瞬间，我真是后悔极了，觉得不应该问这些。

于是，我转移了话题，说："爷爷，那你讲一讲和奶奶的爱情故事吧！"

老爷爷听了我的话，给我讲了他们之间的爱情故事。

老爷爷说，他与奶奶认识的时候才十六七岁，那会儿他在奶奶所在的城市打工，而奶奶也是早早地出来打工的。后来，他们相识了，老奶奶爱上了老爷爷。从那以后，老爷爷去哪里，老奶奶就跟着去哪里，像个朋友在老爷爷身边待着。

老爷爷觉得老奶奶很奇怪，老是跟着他。本来自己也是有家的人，为何不回去找父母呢？后来老爷爷憋不住了，就去问老奶奶。当两个人面对面交流时，老奶奶的脸蛋竟像红苹果一样红，害得老爷爷也紧张起来。这时，老奶奶对老爷爷说："宝根，我喜欢你，我想嫁给你。"老爷爷听完以后，有点激动，也有点害怕。激动的是，他也喜欢老奶奶；害怕的是，家里有点穷，怕老奶奶跟着自己吃苦。但老奶奶真挚的爱，让老爷爷十分感动。于是，老爷爷答应了老奶奶。

老奶奶的思想一点也不守旧。在同她聊天的过程中，我发现她是那种思想开放的人。她说，遇见自己喜欢的人，一定要去争取，而不是听从别人的安排。老奶奶还说，他们在一起一开始并不一帆风顺，总有人对他们指指点点，他们的父母也告诉他们，婚姻要有父母之命，媒妁之言。

是啊，这就是陈旧的传统观念。老爷爷和老奶奶为了能一辈子在一起，和父母都吵了又吵。老爷爷的父母觉得自己家高攀不起老奶奶他们家；而老奶奶的父母嫌弃老爷爷家穷，怕今后老奶奶嫁过去跟着吃苦。幸好，老奶奶一直坚持对老爷爷的感情，无论父母怎么说，一刻也不动摇。但老爷爷后来动摇了，怕老奶奶跟着他吃苦。于是，有一天他同老奶奶提分手，老奶奶死活不答应，哭着说："无论怎么样，我都要和你在一起。"最后，老爷爷不舍得看老奶奶哭，便答应老奶奶一辈子和她在一起。后来，他们因为父母不同意，商议私奔。老爷爷又说，现在住的地方就是当初他们私奔到的地方，到现在已住了快五十多年了。老爷爷说话的时候，老奶奶一直看着老爷爷笑。我想，这就是爱情吧！

听完这个故事，我感动极了。懵懂无知的我，突然对爱情有了美好的向往。

爱情是美好的，一个人只爱一个人，一直到老。正如木心所说：从前的日色变得慢/车，马，邮件都慢/一生只够爱一个人！

爱他，我从未想过要放弃

我曾经用真情去爱一个人，可惜的是最后没有结果。如今，我依旧会用真情去爱一个人，因为那个人值得，尽管爱而不得。

高二的时候，我喜欢上了一个让我一辈子都忘不了的男孩子。那时的他，成绩优秀、性格开朗活泼，既阳光又善良，自然而然成了我心中唯一的白马王子。

那时的他，在他们班里扮演一个淘气的角色，哪里热闹，哪里就有他的身影。认识他以后，我变得更爱笑了。这是为什么呢？

我想，是因为我时刻都能看到他的身影吧！比如，我早晨打扫班里卫生的时候，总要去他们班的楼下打水，再提回去拖地，这样，就能路过他们班，便有机会看到坐到第一排的他认真背单词的样子。中午在食堂吃饭，也会遇见他，然后我便会坐在离他近一点的地方看着他和同学一起吃饭。晚上打水的时候，我们会在水房里相遇，有时候他正在打水，我便有机会插他的队提前打上水，不用像其他同学那样辛苦地排长队打水。每次见到他的时候，我总会笑。因此，认识他以后我变得越来越爱笑了……

周末休息或晚上的时候，我们还会在 QQ 上聊天。在聊天的过程中，发现他是个淘气又幽默风趣的男孩，总会讲一两个笑话给我听，我便旁若无人地在安静的宿舍里大笑起来。

就这样，两年的美好青春时光随着高考的来临结束了。

为了不留遗憾，我拉着他拍了毕业照，属于我们俩的毕业照。最后，他远去人海。

一开始的时候，我不知道那就是爱情，后来才明白，原来我所有的笑声都是因为遇见他，遇见爱。那时候，蓝色的校服是我们穿过最美的情侣装。

慢慢地，我才知道了认真地爱一个人是幸福的，是快乐的。

后来，我上了大学，遇见了很多男孩。再后来我发现有一个男孩有他身上的所有的特点，于是我对这个男孩有了好感，但随着时光的流逝，我发现我爱的还是原来那个说话幽默、存在我青春里的男孩。

尽管我们现在以朋友的方式相处,但谈起爱情,我依旧还是着迷。虽然爱而不得,却依然满怀期待。

后来,有朋友问我还爱他吗?我回答,爱啊!只是会在心里爱着他!朋友问我为什么?我想大概是:因为这个男孩值得我爱。

看起来合适的人，不一定真的合适

我和谈了快要两个月的男朋友和平分手了。

认识他，是在大学毕业之后，通过一个朋友认识的。一开始，他对我印象不错，后来通过微信聊天。我们从陌生变得熟悉。在互相了解的过程中，我发现他性格温柔体贴，脾气好。虽然家庭条件一般，有一个和我一样的单亲家庭，但他却是作为伴侣的合适人选。

七月底，我们开始恋爱了。朋友知道我恋爱之后，便苦口婆心地劝我变得淑女一点。可是我偏不听朋友的话，我原来什么样，恋爱的时候依旧什么样。我爱穿酷装，就是那种偏男性化的衣服，吃饭的时候当着男朋友的面依旧大声说话，不会轻声细语。

在那一个多月里，我们虽然吵过一次架，但过了几分钟就和好如初。他工作不忙的时候，会牵着我的手陪我去逛街，带我吃我最爱吃的米线，看新上映的电影，然后在黄昏落下的时候骑电车或开车送我回家，有时候陪我一起坐公交回家，他再坐公交回他家。我觉得这样挺好的，简简单单的恋爱。

后来，他的母亲发现了他在谈恋爱。于是，他母亲不断地问我以及我家里的情况。最后，他把我和我家里的情况一一告诉了母亲。他母亲听完之后，大发雷霆，让他赶紧与我分手。他母亲说，我满身都是病，家里条件差，她儿子以后跟我在一起会有吃不完的苦。一开始，他没有怎么听母亲的话，依旧还和我谈恋爱。后来有一天，他母亲用他的手机打电话给我，让我赶紧和她儿子分手。那天晚上，我平静地与他说了分手。我没有哭，也没有闹。因为我知道，这就是现实。我必须学会承受。

就这样，我的恋爱结束了，平静地结束了；没有大闹，没有哭得歇斯底里。

分手以后，我反而把一切看得更淡了，尤其是现实中的爱情。

父亲知道后，安慰我说，以后会遇见更好的，会遇见更心疼自己的男孩子，不要着急。其实那会儿，我已经把所有的事都想开了。

我想，爱情对我来说依旧是美好的。真正的爱情不需要看起来合适不合适，需要的是爱不爱彼此；如果爱，那么便没有家庭高低与贵贱之分。

我的婚姻观

如何能把婚姻经营好，一直是现实生活中受关注的热点。

读书那会儿感觉婚姻问题离我十万八千里。毕了业以后，却发现身边的人个个被婚姻问题困扰。说实话，没结婚的我，其实是没资格讨论这些的，但每每看到为婚姻问题困扰的朋友，我就心里难受。

在农村的时候，总认为婚姻是两个人为鸡毛蒜皮的事吵吵闹闹。但吵闹完以后，顶多生气几分钟，然后又恢复正常，安安稳稳地过日子。

最近我也在慢慢地接触关于婚姻生活的书，也希望了解更多的婚姻生活内容，有机会的话帮那些婚姻出现问题的人提一提建议，经营好婚姻；也希望用学习到的知识，可以在未来找到属于自己的真正幸福。

我觉得，夫妻要了解彼此的工作性质，知道你的那个他为了家庭所做出的努力，然后再去试着理解他为何不陪伴你，为何常常不接电话，为何对你越来越不关心？只有了解对方的辛苦，对方的劳作，你才能试着去理解他。

如今的生活压力大，但如果你能去理解对方，或安慰对方，或安静地陪着对方，而不是话没说几句就吵得天翻地覆，这样最伤彼此的心、彼此的感情。

我表哥和我表嫂就是因为相互不理解，不给对方空间而离婚的。表嫂喜欢查看表哥的手机，只要表哥一回家，表嫂就拿他的手机看看微信里有没有女人和他聊天。一开始表哥是不在意的，但是时间一长，表嫂这样疑神疑鬼，让他感到彼此之间没有信任。表哥是饭店的经理，每天要加班到凌晨一两点才能回家。在饭店忙了一天，本以为回家可以睡个好觉，结果一进家门，表嫂就要查看手机，不然不让睡觉。所以接下来他们就开始吵架，然后折腾一个晚上，谁也没有睡好。后来，他们离了婚。

其实，两个人相处是需要互相信任、互相理解的，如果一味地要求对方做这做那，自己累，别人也累。我觉得，人与人之间还是要有点距离感，这样相处起来才舒服。

婚姻是夫妻一辈子的事业，要努力经营，才会幸福。

第四辑　随笔领悟

活着的意义

  我们究竟要怎么活着，或者又为了什么而活着，大多数人活了一辈子也没整明白活着的意义。在这里，我不能说我特别清楚活着的意义，但我想告诉自己或一些人一定要好好地活着，因为活着，一切才有可能，一切才有希望……

  以前我也不相信自己的生命能延续到现在，是长辈们告诉我，我的命相当大，还比别人多了几分隐忍。小时候的记忆大多数人都模糊不清，我也不例外。但凡记得的都是极为重要的事。

  其实人出生的时候，都有意外发生，只不过意外发生的几率不一样。

  我出生的时候，比一般婴儿轻了许多，拳头大的脑袋，猫爪子一样的手，身长最多二十五厘米，面色通红。在所有人眼里，那样的一个我，活不长。

二十年后，我依然好好地活着。每每听家乡的人议论我，我不会反驳，只会静静地坐下来聆听，因为我想知道他们眼中的我是什么模样，好的还是坏的，我全都想知道。有一位邻居的话使我印象深刻：挺好的一个孩子，可惜呐，天命难违。坐在一旁听着她讲完，我的心却十分镇定。其实这样的言语我已听过很多遍，最终呢我没有过分吵闹，只是安静地与世界和解，和平相处。像小时候寒冬腊月里被母亲背着四处游荡的一天一夜里，第二天被找到的时候也没有哭。那时候母亲的病常常加重，但庆幸我没被母亲神志不清时扔到荒郊野外去，要不然坐在这里敲键盘的人就不是我了。

很多人都在感叹我的不幸，二十年来，在他人看来，我甜头没吃一点，苦头倒吃了不少。但我觉得自己挺幸运的，至少还活着。

我很喜欢周国平先生的这一句话，"人应该具备两个觉悟：一是勇于从零开始，二是坦然于未完成。"人活着就应该像周国平先生说的一样，人生敢于从零开始，也坦然于未完成，然后快乐地、慢慢地老去，直到生命的终点。

如果有一天，你即将离开人世，回头看看自己走过的人生路，你会突然发现没有把时间浪费掉，而是做了自己喜欢的事且有意义的事！

所以说，我们想要活着有意义，必须得去找正确的方向、培养有趣的灵魂，然后保持对生活的热情。我们都知道生活中的九九八十一难，是不那么容易跨越的，但依旧要像《西游记》里面的孙悟空一样，什么困难都不会被吓倒，保持一颗勇往直前的心，带着自己的梦走向人生的巅峰。

不会写故事的人

有时候写着写着，才突然醒悟过来，我好像不会写故事。本想模仿别人，写一个感人的故事，但一下笔，全都毁了。一字一句都是哲理性的，脑海里的好故事，瞬间写烂了。有人说，写烂就写烂吧，写烂也是一种本事。

是吗？难道这也是一种本事？我想了又想，可能是吧，所谓烂文章，更值得人一看！

有位作家说，好人要写得更好，坏人要写得更坏，这样文章才会有人看，才会有人爱不释手。

你看，有人演了十年的坏人，但他在现实生活里是个好人。有时候，角色这东西，似乎把人都骗了，连同本性的东西，一起骗了。

多愁善感是我写不好故事的一大部分原因。别人看到一片夕阳红时，心情便马上大好起来，而我却变得十分忧郁，老觉得"夕阳无限好，只是近黄昏"；也会马上觉得人生太短暂，不知怎的就走到了暮年，走到了生命的尽头；或没到生命尽头，走到一半就离开了。这是我天生的多愁善感导致的，我也无法去改变它。

除了多愁善感，不懂文章的结构，不懂故事的核心，也是其中的一部分原因。其实，没有人天生就会写故事、写剧本，都是经过不断学习后，才提高了写故事的本领。

其实人生就是一个完美的故事，而它的核心便是人的思想与灵魂。

我常常把身边的每个人的性格特点和经历一一记录下来，用文字写成一个个有趣的故事，但写着写着我才发现，那些人的思想我是没有的。然而，思想又是什么？

哎，我也无从得知。

这时，我才觉得自己挺惨的。没有道具，没有舞台设计，没有本色出演，我拿什么代替导演写一个故事，或一个剧本？

更重要的是，没有人会和我走相同的人生之路。人长得都不一样，难道思想会一样？

对于真正创作故事的人，必定是懂艺术之美的人，而我身上是没有艺术细胞的。为何要这么说呢？就拿我画画这件事来说，就是最好的证明。

我的画是让人看一眼就能笑掉大牙那种的，比如我画一只狗，找一张 A4 白纸，手握 2B 铅笔，然后开始画。一小时过去，你过来看，却发现纸中央只有一个椭圆而已，其他的地方依旧是空白。别问我为什么，其中的原因就和写一个故事一样，如果你没有写故事的天分，再怎么努力，也是徒劳的。

每个人一生中所喜欢或深爱的东西，其实是不多的。比如，我喜欢研究哲学和哲学家的思想、哲学家的一生，但最后却因学历不够，无法再去深入研究而告终。

很多时候，我觉得自己很平凡，平凡也是美的。平凡的生活里，有爱，有幸福，有感动，有泪水，也有笑容。

尽管没有天分，尽管写作速度会很慢，但我会用尽我的一生，努力写出一个个感人的故事。

不必去成为谁

近几年,老是听身旁的朋友对我说:"婷婷啊,你一定要成为第二个余秀华。"开始的时候,我根本不知道余秀华是谁?但我知道余华是谁,因为初中时期看过余华的作品《活着》,因此知道他是一位作家。由于"余秀华"与"余华"一个姓,因而我对"余秀华"有了想要深入了解的冲动。

有一天,我在网上搜了"余秀华"的名字,出现的内容很多,我一一点开,阅览完之后才知道余秀华也是一个脑瘫患者,并且是个诗人与作家。为了深入了解她,我花了一星期的时间,读完了她的《摇摇晃晃的人间》。

她的诗集里描述的场景,让我感同身受,我在她的诗集里渐渐地看到另一个真实的我。在阅读诗集的过程中,我一边看一边流泪，也许是经历太相似的缘故吧。

时间一长，我渐渐明白了身边的人对我说的话。我看到世界上还有另一个我存在，挺欣慰的，但同时我知道我不是余秀华，因为我们不在同一个时代出生，所以经历的苦难也不一样，也许唯一相同的就是摇摇晃晃的身影。

我不愿人们对我说，去成为第二个余秀华。因为我想成为自己。

在现实生活中，每个人都是一个独立的个体，都有自己的思想与主见，自己喜欢的事与人，自己的生活与生活方式，我们无需去模仿别人。诚实地说，别人其实是模仿不来的，我们可以模仿别人的神态表情，但模仿不了他的内在。

伴随着成长，我越来越明白自己喜欢什么，或想要什么。同时也明白，我也有自己的路要走，没必要想着去成为谁；我就是我，一个21世纪的鲜活生命体，有自己独特的性格和独特的做人做事风格。

余秀华已经是一位很有名的作家，同时还是一个孩子的伟大的母亲。我呢？我只是一个刚毕业的专科生，一个找不到工作的二十多岁的青年。坦诚地说，就是一个普通老百姓，拥有着平凡人的人生，每天为柴米油盐的生活担忧着，也每天梦想着能不能有一份安稳的工作来维持生计。

正常的生活被疾病打断了。我常常在想，也许这是上天对我的考验吧！但我坚信：阳光总在风雨后，相信会有彩虹出现。

　　我相信自己在不久的将来一定可以看到属于自己的那道彩虹。工作、恋爱、结婚……度过平凡简单的一生。

　　去成为谁，已经不重要。重要的是成为我们自己，才是眼下最要紧的事。

爱与自由

　　这几天，看了李银河的一本书，是关于爱与自由的。看到一半，很开心，为什么呢？文章都很有哲理，我喜欢极了。

　　我这个人，简直奇怪得很，别人喜欢优美的文字，而我却喜欢字字句句刻入骨髓的文字。

　　语言一定要有深度。

　　我常常在想，什么是深度呢？我猜想，一段文字，一篇文章，或一本书，能够给大家带来思考，甚至灵魂上的探索，我就认为它们都是有深度的作品。

　　我很喜欢王小波、周国平、莫言、路遥等作家的作品，他们的作品有深度，我想要去读懂它们，领悟到它们的那种境界，可能有人会说我，异想天开。

是啊，是有点异想天开。

我喜欢思考，这并没有什么错。思考人生，是一件很幸福的事，就好像生命有了魅力，有了质量，有了深度。所谓思想有多远，路就有多远。我觉得很有道理，所以我要想得长远一些，文字要有一定深度，学会欣赏人生路上不同的风景。

慢慢地，我认为这些思想便是我要追求的爱与自由。

爱，也许因为热爱，所以我决定奋不顾身地去追求。而写作，是真正的自由，让我得到了生命力的释放，或命运的救赎，所以我也要去追求。

我正是因为热爱我的生命，所以一直在渴求寻找可以拯救生命力的东西。结果是，我找到了，那就是写作。

在写作的世界里，我发现了我想要的自由。这种自由没有任何东西的限制。无论从空间上，还是从时间中，都是自由自在的。在写作的世界里，我残疾的身体不会成为我追求幸福或自由的一块绊脚石。在写作的世界里，我是完美的、自由自在的，甚至是快乐的。

所以，我愿意在写作的世界里追求爱与自由。

别做植物人

　　身体和以前不一样之后,我一直在问自己一个问题:过去和现在,哪个自己最好?

　　想了很久,便想出了这么一个哲理:任何时刻,别做植物人,有痛有痒才是真正地活着。

　　植物人,在医学上的意思是:患者对外界无认知能力、与外界无法沟通、无行动能力、日常生存所必需的作息(饮食、翻身、沐浴、更衣、排泄物处理、痰多时抽痰)完全由旁人照料。而在正常人的基础上来说是:肉体不麻木,精神朝气蓬勃,整个人独立又坚强。

　　也许这是我一直梦寐以求的且想要做到的事情。然而,我把它换一种方式说了出来,别做植物人,做个有担当有责任的人。

从前我习惯了依赖别人，家人，朋友……时间久了，我便变成了一个依赖大人的孩子，从未长大过。直到最近，疫情的严重，对此有的人充满了各种焦虑，而有的人却冲在了防疫的第一线，这让我对生活和生命有了进一步的思考和领悟。

也发觉，不管从前还是现在，走的每一条路，做的每一个选择，都是算数的，有意义的。就像那句话说的一样，人生没有白走的路，走过的每一步都算数。这句话没毛病，是一句真理，只是很多人，都需要一个过程，一段经历，才会真正明白。此时此刻，我稍微有些明白了。

人生注定会走一些弯路，也会走一些没有出口的路。但始终会有一条路是最适合我们的。

我经历过一些被人嘲笑、看不起，甚至被侮辱人格的事。这一刻我感谢他们，给了我一段特殊的经历，做过"植物人"，不敢说话，甚至不敢面对现实。像一只老鼠一样，喜欢钻在地洞里安逸地生活。只有黑暗的时候才敢出来，白天出来怕太阳光。这一切都是胆怯懦弱的不自信的表现。

当然现在还不能说，我已经自信了，还是有一些自卑存在的。毕竟人无完人，何况完美是一种理想，不是所有人都能到达理想的巅峰。除了完美以外，人该诚实地认识自己，敢于挑战未知的一切。毕竟将来难测，能朝气蓬勃地享受现在，才不算辜负生命快速生长的意义。

生命有味道之后，麻木就该卸下了，伪装的面具也该丢掉了。只有卸下了包袱，接下来的旅程才可轻装上阵。

这让我不由自主地想到曾看到过的一则新闻，一个14岁的男孩患了"无痛感症"。他来到这个世界上的14年时间里，感觉不到任何疼痛。他曾经将十指咬断，也曾经遭受脚趾溃烂导致截肢，却从来不知道疼的滋味。

对于他的不幸，我除了怜悯之心以外，其他的什么都给不了。但他同时却让我明白，能感受到疼痛是好的，人生经历的所有都是独有的体验。我们没有麻木，我们还是正常人，神经会作怪，大脑也会偶尔失控，情绪不好时会爆发。这是很多人的平常，也是很多人最有味道的生活。

如果成了植物人，以往的一切都归为无有。肉体麻木，神经衰弱，大脑睡着了，一切没有了活着的气息，这是一件多悲哀的事情。

所以人们常说，生活有乐趣，才叫生活。反过来就是说，人活着要有乐趣，有一些生命的气息，这才是真正意义上的生活。

同时，生活里是应充满感恩的，有了感恩，生活便不会枯燥乏味，甜和苦自然也成了我们前行道路上的助手。

人生有了助手，就等于增添了彩虹般的颜色。有了它们，日子也会变得美好起来。就像麻木的身体舒展开来，开始轻松自在，和空中飞翔的鸟儿一样，独立又自由。

生活中有人嫌弃我絮絮叨叨的，其实我不怕有人嫌弃，被人嫌弃的时候，至少会让我明白，有人在关注我，这不是挺好的吗！

乐趣是无穷无尽的，不做植物人的时候，我们才能真真切切感受得到。这像拥有幸福一样，人有了感知幸福的能力，才会更加努力地感受生活，享受生活。

趁我还能走动

在大街旁找公交车站牌时,一对老年夫妇在我的前面前行着,而他们距离我最多三步远。四周一时静寂,风声很小,他们边走边聊着什么,我都听得一清二楚。

只听老奶奶说:"天气真好,出来散一散步,心情愉快了很多,终于不用闷在家里了。"接着老爷爷看着老奶奶说:"我的腿还利索得很,可以经常推你出来走动走动……"

听着老爷爷对老奶奶说的话,我瞬间眼眶湿润起来,这样的爱情,这样的老年生活多令人羡慕呀!于是,我放慢了脚步,慢慢地跟在他们后面,听他们聊天。同时也在猜想,老奶奶没坐轮椅之前的生活,肯定和其他的老人一样。老夫妻俩一起出来散步,出来购物,出来看看风景。没瘫痪前的生活一定很美好，但庆幸的是，老奶奶腿瘫痪后，还有人愿意一心一意做她的腿，带着她到处游山玩水。在我眼里，这就是一种最美好的幸福！

我一边猜想着两个老人的爱情故事，同时也思考着自己的人生。想着想着，又想到前些日子神经外科的医生对我说的话："孩子，你的病的确不好治，所以你要做好心理准备，接受后期病情发展严重的情况。"这些话，很多医生都对我说过，有时我听完，心情难免会很失落。但幸运的是，不管面对质量多差的生活，我都始终鼓励自己，鼓励自己不要被轻易打倒。

当然，我也明白，即使最糟糕的事（双腿瘫痪）发生，我也有勇气接受和面对。生命很重要，活着也很重要，所以我珍惜在人间活蹦乱跳的样子。

推着轮椅的老爷爷，此时此刻正在作为老奶奶的腿。万一有一天，瘫痪的事发生在我自己身上，如果是最糟糕的情况的时候，会有人这样心甘情愿给我当双腿吗？

也许每个人的天空都不一样，有的是蓝色的，有的是灰白的，也有的是黑色的，所以每个人走的步伐也不一样。有的双腿利落些，已经走得相当远了。有的双腿有点瘸，暂时在一步一步地走，没停在原地。还有的情况特殊，一会慢，一会快，尤其像我走的这种步伐，前小半生走得太快，后大半生就要蹒跚着走了。

人间翻云覆雨，我的人生也在翻云覆雨。无论病情多么猛烈，我都要像那个老奶奶一样珍惜我还能四处走动的日子。

　　你看，那位老奶奶坐在轮椅子上看着夕阳西下的样子，多么幸福。我为什么不珍惜这人间的烟火气呢，不流连这人间的灯火通明呢？

挣个吃馒头的钱，就非常了得

在广场与早市上摆了将近十天的地摊，越发觉得，钱是真的难挣。早上五点醒来收拾好，赶到目的地时，好点的摊位已被别人抢走，看着眼前的拥有了好摊位的"地主"，我除了无奈，还是无奈。

耳朵里传来了各种各样的吆喝声，一家比一家的声音洪亮，记得刚摆摊的第一天我也学着吆喝，可是嗓子都喊哑了，也没有人来光顾我的生意。

小本生意的确不好做，也挣不了多少钱。早出晚归，顶多挣点饭钱。其实吧，也只是赚了个吃馒头的钱。有时候，抬着头，望着天空，心想，能挣一分是一分，总比赚不了钱的人充实一点。

记得去年夏天毕业之后，我的压力越来越大，不管是身体上的压力，还是心理上的压力，都是如泰山一样压得我喘不过气来。家人知道我的身体缺陷，从不在我面前说什么，可是旁人不行，总要对我说三道四。

几天的摆摊尝试，不仅堵住了旁人的嘴，还为自己的人生多了一份特别的经历。在万达广场（呼和浩特市）摆摊时，一位卖水果的大叔，他说的话，让我的眼睛湿润了很久。他说："姑娘，我在这摆了整整一天的地摊，结果最后只挣了十来块钱，心酸啊！" 我不知道大叔的学历有多高，也不知道他都经历了什么，但看着他皱着眉头的脸，我感觉到他真的好累。看着他，一瞬间我想到了自己的父亲，因为疫情，父亲已经很久没有外出干过活了。可是，在城市里生活，一天不赚钱，就等着饿肚子吧！

世上没有一分钱是好挣的。

很多人，都羡慕明星挣钱容易，可是你知道他们背后付出的辛苦吗？当你不知道别人的辛苦时，就不要随意发表言论了。很多人都以为长一张漂亮的脸，就可以征服全世界，有时候长得漂亮不是成功的全部，更多的是努力和能力，而漂亮只是你可以登上台面的一个优势。

在日常生活中，我见过长得漂亮还努力的人，她们让我羡慕，同时又鼓舞着我。我身边有一位三十岁的青年作家沉香红，她长得漂亮，在二十岁时，她选择去非洲工作，每天面对的是繁重的工作和动荡不安的社会环境，没有一刻是充满安全感的，但是她在码头开着卡车卸货和装货，整整度过了两年的时间。最重要的是，她还在此期间完成了自己人生的第一本散文集。

一想到这儿，我对生活的激情又开始澎湃了。是的，没有人能轻松地度过这一生，都是辛苦又努力地活着。除去工作，她还要熬夜看书，积累文字功底，我相当佩服她的毅力。

我同她一样，都热爱文学，热爱文字。这段时间以来，读书越来越少，大多数时间都在摆地摊的路上。我知道，文学这条路，我不能丢弃，丢弃了，就等于我的人生没有了梦想。

没有了梦想，人活着还有何意义！

二十几岁的年纪里，人生尚没有明确的定义，都是在一步步摸索。很多时候，我无法选择命运的安排，只能硬着头皮往前冲。就像我无法使用（自行车、汽车）作为代步工具一样。

当赚不了面包时，吃馒头也能吃得饱，吃得开心。所以，每天仅仅挣个买馒头的钱，对我来说也是荣耀至上。最幸福的是，早上迎接太阳出来，黄昏时，欢送太阳离去，迎接满天繁星的到来，更能体会到城市夜生活的丰富多彩。

小小的软软的一团生命

　　这个初秋，令我最兴奋的事，就是完成了收养一只猫的愿望。

　　听说喜欢养猫的人，性格或许有些孤僻。我不知道自己是不是，但从年少时就喜欢猫，想养猫。

　　猫是属于黑夜的，是最有灵性的。每每与它对视，常常会心中一凛，好像心中所想已被它窥视。所有的心怀鬼胎，最后都被它破译，越与它对视良久，心就越会崩溃，最后变得更加脆弱。

　　它是我悲伤情绪的解读者，只要它安静地一看向我，我所有的柔弱便都跑了出来，围着它一起转。

　　我喜欢看它走路。就是所谓的猫步，每一步都是诱惑。

时尚界的模特，走路的姿态与猫步有相似之处，妩媚又充满诱惑。

说来，与人最密切的动物只有猫与狗，常常陪在身边左右。

日常，小小的一团，软软地围绕在身下，治愈了一切烦恼。

少时，家中养了一只白猫，白天我拔草锄地，晚上在院子里就地而坐，白猫则一直在我左右，不经拍打它与呼喊它，它是不会轻易离去的。

那时寒冬腊月，我喜欢和伙伴一起疯玩，一般回家很晚，但白猫一直窝在自己的小窝里等我回来，见我回来便小心翼翼地钻到我怀里，一身寒气的我顿时温暖了许多。

有一年深秋，刚好奶奶过世，这只白猫就在奶奶的棺材上蹲着，直到奶奶下葬的那一天。

都说猫是有灵性的，奶奶去世的那几天里，我见识到了它独特的灵性。

有人说，这猫是一个女子，妩媚着这世间的不安与锐气。这时候，不由得想起了张曼玉，爱过多少次？每次以为死掉了，却又活了过来，再爱，重新投入。

是的，猫样的年华，悄然踱步，离现实和忠诚多远呀！！

我现在养的是一只狸猫，它不是很温柔，而是冷艳与阴暗。尤其在午夜时分，它盯着你看时。

白天里，更是惹人生气，它常常把整个房间折腾得不像样。

朋友说，它还小，所有的折腾都是正常的事。垃圾桶里的垃圾被它折腾得满地都是，它自己的食物也是弄得四处一片狼藉。

这样一只惹人生气的狸猫，常常让我怀疑自己，收养它，是不是给自己的生活添堵？

可是每当它在我怀里熟睡时，小小的软软的一团生命靠着我的身体，然后我的心就软了，柔弱了，变得像它的母亲一样充满了慈爱。

原来人在柔弱的生命面前，也是柔弱的，想把所有的爱都给予它。

做一个"勤快"的人

从小干活勤快的我,有一阵子像变了个人似的,竟然懒惰起来,尤其是毕业后这一两年内。

小时候勤快,是因为家里没有母亲帮着我干活,于是我便成了大人眼中懂事的孩子,什么家务活、农活,都加把劲地干。

寄住在姑姑家时,帮着姑姑收拾碗筷,收拾屋子时,竟惹来妹妹弟弟的厌烦。因为我在帮姑姑干活,他们在贪玩,他们挨了自己爸妈的骂,进而对我的讨厌就多了起来。

十几年过后,反倒是倒过来了,他们成了勤快的人,离开父母,离开家乡,北漂的北漂,二三线城市打拼的打拼,每天早出晚归,和我过着不一样的生活。

这次，却换我来"讨厌"他们了吧！与其说讨厌，不如说是羡慕人家，羡慕人家拥有健康的身体。

十几年后，我依旧陪在家人身边，待在一个二线城市，没房没钱，甚至也没有健康的身体，住一个小小合租的屋子里，于是我便开始厌恶自己，但这种感觉是真的不好，所以我想再做一个"勤快"的人。

我对于勤快的定义是，一个人在外漂泊打拼，与生活斗智斗勇，流汗流血，甚至头破血流，还傻笑着在电话另一头对父母说："爸妈，我很好，不用担心！"

不管是健康限制了我前进的脚步，还是自己把自己困住了，这一刻我想要做出改变，想拯救出困在懒惰牢笼里的自己，不管别人怎么说，怎么看。

因为，我有自己的路要走，尽管有时候走得并不顺。

在网上看到一句话：身为90后，我们到底得罪了谁，一路上没有父母帮衬，也没有社会的帮衬，一路奔跑，一腔热血，竟成了周围人嫌弃的对象。

也许我们这一代人，是真的难。但想一想，生活从来都很难，只是要看我们自己怎么面对。

想起《平凡的世界》里的润叶，她对自己的命运非常不满，除了不能和最爱的青梅竹马的孙少安在一起，还为了二爹的事业，嫁给了父母是官员的李向前。

结婚后，与李向前分开住，却没有想到有一天，李向前喝酒开车不小心把自己的腿摔断了。于是润叶出于夫妻的责任，回去照顾丈夫李向前。

记得在影剧中，润叶站在门口，看着坐在椅子上截了肢的李向前，默默流着眼泪的画面，一边用手擦泪，一边看着自己的丈夫现在的模样，之后坐下微笑着给丈夫夹菜吃。

路遥就是通过这样的写作方式告诉我们，命运就是这样，一面遗憾，一面承受疼痛，再一面微笑面对。

生活就是这样，尽管旅途艰难，仍然要勇敢前进，寻找属于自己的幸福与人生之路。

这一次我长大了

人总是在不断长大。

从四月末开始,我便一直和医院打交道。这一切还要从我的两个姑姑那里说起。

我的小姑姑是一名汽车公司的清洁工。不知从什么时候起,小姑姑在工作期间,爬个楼、拖个地,就心跳加快,就连走路也气短得厉害,身体也日渐消瘦。

我知道这个事情后,便马上向公司老板说明情况并请假,第二天便带着小姑姑去了当地最好的三甲医院检查。按小姑姑自己描述的症状来看,应该是心律失常,所以就去挂了"心血管内科"门诊。按照医生的安排,我带着姑姑去拍了CT、心电图……等所有检查结果出来后,发现小姑姑心脏及心脏周围并没有什么大事。

小姑姑又开始正常上班了，我也回到了工作岗位上。

但没过几日，小姑姑却发现自己的脖子肿了起来，而且之前的那些症状越发严重了。幸好这时候赶上了"五一"长假，小姑姑的女儿娜从北京回来了。这一次带着小姑姑看病的事彻底交给了她的女儿。

小姑姑在女儿的陪伴下到医院看病，终于有了诊断结果——甲亢。

小姑姑是个大字不识一个的妇人，无论到医院看病或者去往外地必须身边有人陪伴。这几年，她的孩子们都在外地，一年四季，只有过年、五一长假、十一长假才有机会回家陪伴父母。

过了没几日，我的另一个姑姑又病倒了，得的是肺炎。

这个姑姑已经六十岁，一开始带她到医院检查的是她儿子。后来，她的儿子由于工作繁忙，恰好赶上那段时间我离职了，最后陪着她到医院做检查的人变成了我。

其实，我挺害怕到医院的，也许怕闻到医院里的药水味，也许怕见到医生、护士，或者怕见到其他的病患者。

这一切都要从我大学毕业之前生的一场病说起，我的人生也从那一刻起发生转变。

现在我又回到了我曾经最熟悉的地方。这一次，我不是病人，姑姑是病人，我是病人陪护者。

陪着姑姑，在医院里待着的十几天里，我才发现自己身上有了责任。那些天里，我比在公司里还要忙，一会打饭、打水，一会喊护士、医生，一会搀扶着姑姑到门诊部做各种各样的检查，一会到医院外面的药店里买药……陪护做的事情，还有不是陪护做的事情，我一一包揽下来，其中唯一难过的事是与医生的沟通。由于我自身缺陷，医生往往很难听得懂我说的每一句话。我怀疑医生们也是在半猜半蒙中，理解我说出来的每一句话。

陪护是辛苦的，病人也不好受，吃不好、睡不好，每一天都被病痛折磨着，被其他的患者喊出的疼痛声折磨着，在医院里，仿佛一切都被折磨着……

反倒是，这一次的经历，又让我学会了成长。

姑姑们在我的生命中扮演了一个特殊的角色——母亲。因为她们虽没有生我，可是她们对我有恩惠，所有的家人对我都有恩惠，是他们陪伴了我成长。

一个恩字就是一份责任，或许它微弱，或者它不那么名正言顺，可是它让我明白，一个人只有意识到自己身上有了责任，他的生命才开始发光。

给家人在医院里当陪护，这不是第一次了，但每一次都有沉重的意义存在。

记得第一次，是生活在老家（山村里）的大伯伯生病，他没有妻子，没有子女，多年以来都是一个人生活。他一直在帮衬着自己的弟弟妹妹们，干农活，当羊倌放牧挣钱等。尽管他的眼里从未有过我，可是我不恨，因为他的眼里有自己的弟弟妹妹们，活到七十多岁了，依旧在帮衬着自己的弟弟妹妹。

这份恩，我们不能忘。

第二次，是我的父亲在工地上受了非常严重的工伤，当时差一点没了命，我也差一点就成了孤儿。那一年正值秋季，我在读大二，听到父亲受伤的消息，我匆匆忙忙向老师请好假，赶往医院。

在医院陪护结束后，我才逐渐意识到自己肩上的责任重了些。尤其是，当我的生活费没有着落时，我开始利用课后闲暇时间做兼职赚零花钱。那时候我什么活都敢挑战，不怕苦、不怕累，只要挣上钱就行。

日常里，我开始变得把一角钱当成五角钱或者一元钱来花。

也许只有吃过生活的苦，才会在很多时候学会满足。

常常，因为有馒头吃，才庆幸自己还在世上；也会因为别人稍微给予自己一点温暖或爱，就觉得自己得到了幸福。这大概就是生活给予我最大的魔力，在贫苦的生活中，只要一样东西能满足内心，那么整个世界就是甜的、美好的。